愛のかたち

Les formes de l'amour

岸惠子

文藝春秋

contents

愛のかたち

愛のかたち

渚詩子《なぎさうたこ》はパラソルをおおきく広げたガーデン・テーブルに座って、少量のビールを柑橘系の香りがする炭酸水で割ったパナシェを飲んでいた。アルコールは体質に合わないのだが、夏の陽盛《ひざか》りには、喉から胸の奥まで涼気が通るパナシェは気分よく飲めた。

眼の前に、本格的な滑走路というよりは、離着陸用によく整備された広がりがあり、小型のプロペラ機が十数機視界のはずれに出番を待っている。ここは、パリの郊外にある素人向けの飛行訓練所なのだ。女だてらに趣味が嵩《こう》じて、この訓練所の唯一の女性教官になっている友人のアンヌが、レッスンを終えるのを詩子は所在なく待っていた。

せっかくの休日、溜まっている手紙の返事や、本社への報告書の整理などをほったらかして、アンヌの誘いに乗ったのは、たまには郊外の空気を吸って、日常から離れたいと思ったからだった。

かなり殺風景な小規模な飛行場のテラスで女二人のお喋り交じりのランチを摂り、

コーヒーを飲みかけたら、レッスンの相手が来てしまった。今日の生徒は大男だった。いくらダブルコモンド（両操縦桿）が付いていても、あの体格の男がミスをしたとき、華奢《きゃしゃ》なアンヌの力で、飛行機を正常な状態に立て直すことが出来るのだろうか。飛行機にも、ましてやそれを操縦するパイロットなどというものにも、いささかの関心もない詩子だったが、アンヌが夏は飛行機に、冬はスキーに夢中になるという、人妻にしては特殊な生活振りが気になっていた。

妻の不在が、かえって好都合な夫にはそれなりの事情があるのだろう。夫婦って難しいものなんだ、と、勝手に付けた結論で、残りのパナシェを一気に飲んだ。

アンヌの夫は政治家だった。かなり能力のある男ではあるらしいが、ひと目見た時から詩子は、厭《いや》な男だな、と思った。

眼が暗かった。暗い中にさまざまな欲望や、それを制御する怜悧《れいり》なパワーが混在している複雑なものも感じた。けれど、クソ真面目な話しぶりにはユーモアの欠片《かけら》もなかったし、相手に対する思いやりの気配がなく、自分の話に自分で満足し、納得している狭苦しい料簡《りょうけん》しか持たない男のようにも思えた。

とにかく、詩子が嫌いなタイプの男だった。

こんな男が政治家でいられるほど、フランス政界は甘くないのに。どこかに隠れた才能があるかも知れないと思いながら、コケティッシュで、派手好きで、明るい性格のアンヌがなぜこの男と結婚したのか、不思議だった。もう三十代に入っているのにまだ結婚もしていない詩子が口には出さないが、怪訝《けげん》に思っていることをアンヌはとっくに感じているに違いない。その怪訝を解くかのように、あるときアンヌが冗談めかして言ったものだった。

「人間ってさ、どんなに平凡に見える人でも、人生のあるとき、なぜかいっとき、まただはある期間だけ、持てる長所が勢ぞろいして、いきいきした煌《きら》めきを放つ時期があるんじゃないのかな。もともと知性や教養は充分ある人だし、不幸にしてわたしは煌めいている時の彼と出会ってしまったのよ」

「煌めきは長続きしなかったわけ？」

「ま、二、三年かな。いちばん忙しい時だった。求められると男も女も、自分の力以上のものを出せるのじゃないかしら。彼が輝いていたのは、山積する難題を一人で抱え込んでいると思っているときだったわね」

「分かるわ。そういう人がちょっとしたしくじりや、周囲から受ける違和感だけでも、受けるダメージはおおきいわね。わたしの父だってあれほど会社に尽くして、世界中を飛び歩いた人なのに、そのせいか、体を壊して早めに引退したら別人のようになったわ。怒りっぽくなったし、やたらと神経質になったりして家庭内がぎくしゃくしたわ。ごめん！　ご主人さまはまだ現役バリバリの閣僚でいらっしゃるのよね」

「ウタコには分からないでしょうけれど、いいとこも沢山あるのよ。それにマテューがいるものね」

子供の出来ないこのカップルは、施設から可愛い男の子を養子として貰《もら》い受けている。生後間もない時だったので、もらわれたことを知らないマテューはのびのびと育っていた。詩子がアンヌと知り合った時には四歳のやんちゃな子供だった。陰気で寡黙な父親より、明るくてよく遊んでくれるアンヌに懐いていた。

そのマテューも思春期にさしかかるカッコいい少年になっていた。スキーの季節になると、一緒に母子スキーを楽しんだり、学校があって山へ行けない時は子供好きの詩子がよろこんで自宅へ引き取り、面倒を見て、アンヌの雪山への逃避行を助けていた。父親がいて、使用人もいるのに、いくら気の置けない大好きな母親の友人とはいえ、他人である詩子の家に寝泊まりすることを、マテューはどう思っているのだろう、と、時折、詩子は気に病んだ。

アンヌの夫には女性問題が絶えなかった。女の持つちょっとした魅力にも敏感に反応し、それを味わわないではいられない病気を持っているらしい。(あの男のどこがよくて女たちが靡《なび》いていくのか、さっぱり分からん)とは思っても、「あれでもいいとこがあるのよ」と弁解じみて言うアンヌの心の奥は覗《のぞ》かないことにしていた。

それに、「どんなに平凡に見える人でも」と言った言外に、見えないところに隠れている思わぬよさが、恋人もいない詩子には、分からないだろうな、とからかわれているようにも思えた。

加えて言えば、フランスという国は、政治家や、公人のプライバシーに、リベラルな考えを持っている世界にも珍しい国なのだ。たとえば、国家元首に何人の恋人がいようと、他の国のようにスキャンダルにはしないし、問題にもならない。家庭内には、それなりの波紋はあっても、本人の公人としての能力だけが重要なのだ。それは詩子が称賛するフランス人の特色の中でも際立つものだった。

とはいえ、アンヌの夫、アラン・ラフォンは、その能力にかかわらず詩子が好意を持ちにくい人物だった。

一方、渚詩子は、有名な日本の化粧品会社の、パリ支社の宣伝部で働いていた。美容師としての資格もあり、パリ・コレの時などはモデルたちのヘア・メークも手掛けている。平凡な顔を一目見て、特徴を摑み、それを軸にして魅力に変える「凄腕《すごうで》の名人」だった。

「詩子さんの手にかかると欠点までチャーム・ポイントになっちゃうね」と、男性社員までが言ったし、後輩たちの面倒見が厭味なく、やさしさが溢《あふ》れていた。

いい年になっているのに、浮いた噂《うわさ》の一つも立たない仕事人間になっていた。女を美しくする。美しくなった女は当然いきいきする。その様変わりを演出することが好きだった。

この会社が日本だけではなくヨーロッパを皮切りに、世界に乗り出すことになった時、東京本社から、パリへ出向いてきた当時の太田《おおた》義男《よしお》社長に眼をかけられて、パリでのお披露目パーティや、そこでの演説をパリっ子好みにアレンジしたいとの相談まで受けた。

大学での専攻がフランス語だったし、父親が勤務していた商社のパリ支店に数年間駐在したとき、単身赴任ではなく、妻とひとり娘の詩子を伴うことを条件にしたので、詩子はかなりのパリ通になっていた。社長から、パーティの進行を任された時、詩子は思い切って提案したのだった。

「差し出がましいアイディアですが……」

若輩の身を弁《わきま》えていい淀む詩子に社長はきさくな表情で促した。

「提案があったら、なんでも言って下さい」

たとえ人望があるとはいえ、ただの一社員でしかない詩子に対しても丁寧な言葉遣いをする人だった。

「日本のパーティは、やたらとスピーチをし過ぎると思うんです。

主催者側の主だった方々のあと、『どうぞごゆっくりと、ご歓談ください』といって、みなさんがやっと寛《くつろ》いで、シャンパンや、ご馳走を楽しんで盛り上がっているのに、司会者がマイクで『ここで誰々さんの御挨拶があります』ということになりますね。それが、一度ではなく何回もあるので、せっかく盛り上がっている雰囲気がその度に中断されるし、よっぽど面白いスピーチでないかぎり、誰も聞いていません。がやがやと笑い声や声高の会話が飛び交う会場で挨拶される方も気の毒だし、あの習慣は野暮ったいと思います」

いっきに言ってから、

「すみません。出過ぎたことを申し上げました」と、恐縮する詩子を、手で制した社長が言ってくれた。

「いや、いい指摘です。こちらのパーティでは、ほんとにスピーチがほとんどないですね。そのほうがしゃれている。招待状を出してあるんだし、会場の入り口で主催者側は来客の一人一人に既に握手をしているのだから、スピーチは要らないかもしれない」

と言って胸ポケットに手を入れた。間髪をいれずに同席している三人の男性社員がいっせいに社長の胸元でライターを点《つ》けた。社長はたばこではなく手帳を取り出したのに。苦笑いの社長に怯《ひる》むことなく、三人は澄ました顔で早とちりのライターをしまった。

その有様がいかにも日本の会社に共通な縦社会の滑稽劇に見えて、笑いを堪《こら》えている詩子に、社長が言った。

「渚さん、いいアイディアをもらいました。ありがとう」

「でも、このパーティは、ヨーロッパに進出するお披露目なのですから、社長がはじめに短めの、しゃれたスピーチをなさるのは大事だと思います」

出過ぎついでに言ってしまってから、ちょっと肩をすくめた詩子に、三人の社員がいっせいに頷《うなず》いてくれた。

詩子は、ほぼ任されたこのパーティの形式を、一流の化粧品会社らしい特徴を出そうと知恵を絞った。ホテルの豪華な会場を使うのでは、芸がなさすぎる。パリ中心部ではないが、七区に、パリ最古の一つといわれる劇場があった。その後、映画館に改装され、その当時は、映画撮影のロケーションに貸したりしていた、幻想的な雰囲気のある空間なのだった。昔の面影を残しているレトロなステージで、会社が誇る売れっ子のメーク・アーティストが、来客の前で、メーク・ショーの実演をする。例えば、顔のメークはもちろんのこと、着物の後ろ襟をおおきく抜いたモデルの背中に、さくら吹雪を描く。来客は驚嘆するに違いない……。

詩子のアイディアは実現され、お披露目パーティは大盛況に終わった。日本の各商社はもちろんのこと、フランスの政財界からも招待に快く応じてくれた人々がいた。その華やかなパーティの中で、通産大臣代理の妻として、ひときわ人眼を引いたのがアンヌだった。アンヌは、白く艶めかしいモデルの肌に、軽やかに描き出されるさくら吹雪に歓声を上げた。アーティストの筆遣いの速やかさや、優雅な挙措に感じ入っていた。

「すっぴんで現れたモデルは、顔が長くて、ぼそっとしていて、ごく普通のつまらない女の子だったのに、あっという間にモディリアニの女になってしまった！　背中のさくらも見事だわ」

そのアンヌが、夫に呟《つぶや》いているのを聞いてしまった詩子は、モディリアニより日本人なら竹久夢二を思い浮かべるだろうな……と思いながら、嬉しさに思わず声をかけてしまった。

「ありがとうございます。彼女、世界でも指折りのメーク・アーティストなんです」

突然声をかけた詩子を、アンヌは親しげに見つめた。

「あなたは、この会社の方？」

「ええ、突然で失礼しました。お言葉が耳に入ってしまって、うれしかったものですから」詩子は、名刺をだして、如才なく挨拶をした。

「あら、企画宣伝をなさっているのね。このデモンストレーションは、あなたのアイディアかしら」

「ええ、会社進出のパーティにはいいかな、と思って若輩の身ながら思い切って提案しました」

「素晴らしいわ、わたしの顔はちょっと寸詰まりで、到底モディリアニにはなれないけれど、美容院をお持ちなら、行ってみたいわ」

「残念ながら、化粧品だけでまだ美容院はありません」

「ほんとに残念！」将来は大臣夫人になるだろうアンヌという女性のざっくばらんな明るさに詩子は魅せられた。

「よろしかったら、ご自宅に伺いますけれど。今は企画宣伝に回されましたけど、本職はメークなんです」

「ほんとう？　うれしいわ。わたしメーク下手くそでしょ。眼がくっつき過ぎて、どうにかしてほしいわ」

「じゅうぶん、素敵でいらっしゃるけれど、アイシャドウを少し外側にぼかしたほうがいいかもしれません」

詩子とアンヌの友情は、こんなふうにして生まれたのだった。

＊

そのときから、もう十二年の歳月が経っていた。その間、ずっとパリにいたわけではなく、東京本社へ戻ったり、パリを中心とするヨーロッパの国々にも派遣された。しかし、この数年は詩子の拠点はパリになっていた。途切れ途切れではあったが、アンヌとの友情は離れていても、ゆるぎなく続いていた。つかず離れずがいいのかな、などとこの友情の轍《わだち》をぼんやりと辿《たど》っている時に、滑走路に帰って来た小型プロペラ機からアンヌと大男が降りるのが見えた。大男は手を振ってそのまま視界から消え、詩子に向かって歩いてくるアンヌの隣に、陽炎《かげろう》から湧き出たように、一人の男のシルエットが寄り添った。

近づいて来た二人を見て、〈お、アンヌ、やるじゃない、亭主の浮気の向こうを張っているのかな）と思いながら軽い愛想笑いをした。

「飛行機仲間のダニエル・ブキャナン。仲好しのウタコよ」

至近距離になった男を見て、詩子はちょっと驚いた。

「日本の方かと思いました」

「両親が日本人です。正確に言えば、ぼくは日本人なのです」きれいな眼に、鋭さも走るその男は日本語で答えた。

「正確に言わないとしたら？」訳がありそうな名前の由来を訊いてみようか、と軽い気持ちで言った詩子に、ほんの少し日本語が分かるというアンヌが割って入った。

「彼のママンはね、とびっきり特殊な日本女性なのよ」

賑やかに、けれどかなり複雑そうな内容を、どこまで説明しようかと迷っている様子のアンヌを慌てて制したその男に、束の間暗い翳《かげ》りがよぎった。詩子はそれを見逃さなかった。

「うたこさん、どんな字ですか？」

翳が消え、爽やかな笑顔に早変わりした男は話題を変えた。

「ポエムの詩子です」

それからはアンヌに気を遣ってかフランス語になった。

「詩子さん、アンヌの飛行機に乗ったことありますか」

「とんでもない。そんな恐ろしいこと……」

アンヌが笑いながら詩子の頬を指ではじいた。

「ダニーがパイロットなら安心して乗れるかな、もっと怖いかもよ」

「あ、やっぱりここで教官をなさっていらっしゃるの？」

「いや、ぼくは本職が忙しいので」と男は笑った。

「でも飛行時間はアンヌより長いはずです」

アンヌよりほんの少し若いのか、けれど、話し出すと意外な洒脱《しやだつ》さもある男は、層の嵩《かさ》んだ襞《ひだ》を持っているようにも見えた。成熟しきった男の落ち着きも感じられた。職業を訊きたかったが、アンヌとの関係が分からなかったので控え目な態度を通した。

「チャオ！」と手を振って別れたあと、ダニーと親しげに呼んでいた男が車を取りにいっているのを待たずに、アンヌは詩子の助手席に滑り込んだ。

稀な休日を、一日中、自分のホビーに付き合ってくれた詩子に気兼ねして、という気配はなく、男とは、あっさりとした仲間関係のようだった。

女同士の友情がいい状態で続くためには、ある節度が必要だと口には出さなくても二人とも思っていた。

相手が話したいことは心を開いて聴くが、逆に、詮索がましいことを訊き出すことはなかった。だから上等な友情が続いているのよ、と詩子は誇らしく思っていた。パリへ帰る高速の渋滞の中でもアンヌはマテューのことを夢中で話すことに終始して、親しげにしていた飛行機仲間の男のことはちらりとも話に出なかった。

＊

詩子の勤める会社が力を入れてヨーロッパに進出することにした化粧品は、時を経て、デパートなどでも扱われ、少し高価なことがネックになると思っていたのに、品質の良さで評判は上々だった。詩子は忙しい身になった。若いのにヨーロッパを統括する宣伝部長並みの扱いとなった。東京の本社との往復も頻繁になり、アンヌやマテューに付き合う暇を見つけるのが難しくなった。時折、マテューから電話が入った。

ある日、掛かった電話の声が、いつもとは違って明るさがなかった。

「ママンも、ウタコも、どうしてそんなに忙しいの？　ぼくに会ってくれる時間、そんなにないの？」

「どうしたの、何かあったの？」

「ノン。でも……ママンにじゃなく、ウタコに話したいことはあるんだ」

「何かあったたな。じゃ、今度の土曜日、家で夕飯を食べよう」

「ほんとだね。取り消しの電話はいやだよ」

「プロミ！（約束する）」もう立派な思春期、誰か好きな女の子でも出来たかな、と、詩子はほほ笑んだ。

その約束の日、マテューの大好きな、日本のとんかつを作ろうと買い物籠を下げて、メモに玉ねぎやパプリカなどの野菜を書き添えた。

「育ち盛りなのに、肉ばっかりで、ちっとも野菜を食べないのよ」と嘆いていたアンヌの言葉を思い出し、とんかつじゃなくて、肉の間に野菜をいっぱい刺した串カツにしよう、と張り切ってドアを開けたとき、エレヴェーターを降りたばかりの男と鉢合わせになった。

「あ、失礼ですが、渚詩子さんですよね」せわしなげな表情を浮かべた日本人だった。

「そうですけれど……」

「よかった。お出かけになるところだったんですね。まことに申し訳ないのですが……」と、名刺を出しながら、見知らぬ男が頼んだことは突飛だった。詩子を買ってくれた、今は会長になっている、太田義男前社長の息子の学友だったとのことだ。

男が差しだした名刺に、制作会社の名前と、塚田保《つかだたもつ》という本人の名前、リポーターという身分が記されていた。

それにしても、パリから南へ百キロメートルほど離れた、規模としてはヨーロッパ一と言われている刑務所に案内していただけないか、と言われた時は吃驚《びっくり》して、一瞬、まじまじと男を見てしまった。

「刑務所ですか」突飛な要請に、あからさまな迷惑が応えた声に出てしまった。

「すいません。化粧品とはあまりにもかけ離れた場所ですよね」

「日本の刑務所との比較論かなにかですか？」

あまりにも素っ気なかったリアクションを、修正しようとあたりさわりのないことを言ってみた。

「ま、そんなところです」

男は恐縮していたが、本筋は言いたくないような様子が見えた。

「わたし、お役に立つようなこと出来ないと思いますけれど」

リポーターは慌てて言い継いだ。

「あ、専門のコーディネーターは頼んであるんです。ところが彼、優秀な人らしくて、突発的に古い顧客からの仕事がダブって入ってきて、ぼくは二日も待たされる羽目になったわけです。太田君が、困ったことが出来たときは、父が会長をしている会社のパリ支社の日本人女性を頼ってみたら、と言ってくれたことに甘えているわけです。お名前とご住所は聞いていたんですが、電話番号は支社のしか教えてもらってなくて、図々しくも当たって砕けろ、の気合いでこうして伺ってしまいました。土曜日はお休みなんでしょう。すいません」

いっきに喋って、ぺこりと頭を下げた男は感じが良かったが頼りない人のよさも感じられた。一癖ありげにも見えた。

当たって砕けられても迷惑だよ、と心の中で思いながらも、そこは職業柄、きわめて愛想のいい声を出した。

「わたしに、何が出来るでしょうか」

「まる二日、安閑と待ってはいられないので、下見だけでもしたいんです。タクシーで行きますが、ぼくフランス語が全く駄目なんで……すいません」

またぺこりと頭を下げた。それなら男性社員の方が適役だとは思ったが、眼を掛けてくれた、恩人の息子さんの友達なら、行くしかないと思った。

「夕方早く、パリに戻らなければならないんですけれど」

と言いながらも、不承不承タクシーを呼んで、リポーターという、それまでに全く知らない職業の男に付きあった。タクシーでなく自分の車で行ったら、とことん付き合うことになりそうだ、という懸念は正解だったとあとから思った。

パリから南へ百キロほど行った、鬱蒼《うっそう》とした広大な森の中にその刑務所はあった。その威容に詩子は思わず呟いた。

「さすがヨーロッパ一と言われるだけの凄さですね。まわりの樹木にまで恐ろしい雰囲気が漂っているわ」

「すいません」と、塚田と名乗った男はわけもなく謝った。

頑丈で厳《いか》めしく、いかにも「監獄」といった趣の、高い壁の一隅に、幅の広い門がある。隅に通用門のような小さい出入り口があり、警備の男が一人立っていた。男の後ろに事務所のようなものがあり、ガラス窓の内側に陰険そうな寄り目の男と、四角い扁平足《へんぺいそく》のような顔をした男がいるのが見えた。

塚田の眼が、鋭くなった。ぺこりと頭を下げた男とは別人のような積極的な表情で、詩子に頼んだ。

「渚さん、警備員に事情を話して中に入れないか、訊いてもらえないでしょうか。所長のインタヴューの許可はとってあるんです。それはコーディネーターが持っているんですが、ぼくの名前も申請してあるはずです」

「それは、警備員じゃ判断できないでしょう」

「もちろんです。しかるべき係に取り次いでもらいたいのです」

「もし許可になった場合、わたしが通訳することになるのでしょうか」マテューとの夕食の支度が気になった。

「いや、そこまで図々しくはありません。だいいち、アポイントをとったコーディネーターなしで所長が会ってくれるとも思いません。内部をちょっと覗き見できたら、と思うだけです」

覗き見できるほど気軽な刑務所には思えなかった。リポーターという職業の男の強引な粘りづよさに気押されたかたちで、タクシーを降りた。

「お客さん、待ってますよ。この辺じゃ流しはないし、タクシーまで呼んでくれる親切な刑務所には見えませんからね」気さくそうな運転手が、両足を外に出してたばこを咥《くわ》えながら言った。

そのタクシーを待たせて異様に高い、分厚そうな壁を見あげながら、門に近づいたとき、通用門が開いて一人の男が出て来た。

「あら」

吃驚《びっくり》して棒立ちになった詩子の眼の前に立ったのは、飛行場で会った、見るからに日本人なのに、ダニエル・ブキャナンと名乗る男だった。

「どうしてここに……」とほぼ同時に、同じ質問をした。

「ご心配なく。仮釈放をされた囚人ではありません」

と笑ったブキャナンは、連れの塚田を見て日本語で言った。

「こんな物騒なところに、詩子さん、なんの御用ですか」

塚田がただちに名刺を出しながら、てみじかに経緯を説明した。

「ぼくは、こういう者です」

ブキャナンの名刺を見て、塚田がしめた！　という顔をした。

「弁護士さんですよね。門を出ていらしたときからそう思いました」

「弁護士さん？」詩子がおうむ返しに呟いた。

飛行場で会った時のスポーティなラフさ加減は微塵《みじん》もなく、四十歳にはまだ間のありそうなその時の男は、三つ揃いのスーツをビシッと着ていた。別人のような印象のブキャナンに、詩子は近寄りがたい硬さを感じた。

塚田が怯《ひる》んだ様子もなく、詩子に頼んだことを、ブキャナンに繰り返した。

「無理でしょうね。ぼくが一緒なら可能かもしれませんが、これから事務所でアポイントが詰まっています」

ブキャナンの返事は、クールだった。むしろ、冷たく感じるほど、きっぱりとしていた。

「すみません。唐突に勝手なお願いをしました。では、渚さんも夕方には御用がおありなので、弁護士さんとお知り合いなら、ご一緒にパリへお帰り下さい。ぼくはせっかく来たのでこの辺をすこしうろついてみます」

あっさりと諦めた塚田に、ちょっと気の毒な思いがした。

「途中で放り出すようで、ごめんなさい。それに、便乗させていただくの、ご迷惑じゃありませんか」

第一印象とはあまりにも違うブキャナン弁護士にも気を遣った。

「よろこんでお送りします」

急に晴れやかになった笑顔に、詩子は怯んだ。幾つかの顔が潜んでいるようにも思った。塚田のことをタクシーへ頼んでいる間に、弁護士が取りに行って来た車は、葉《バ》巻色の小型アウトビアンキだった。

「あら」と思わず詩子が小さく呟いた。

「小さい車ですみません」

「いえ、わたしの車と同じなので。色も同じなんです」

「パリの渋滞には、小型がいちばんです。今日のような遠出には、向いていませんがね」

同じタイプの車を持っている、というささいな話題になんの関心も反応も示さない弁護士は寡黙だった。飛行場でのざっくばらんさは嘘のようだった。気詰まりを破るように、詩子が訊いた。

「あの刑務所には度々いらっしゃるのですか」

「ええ、このところ」

会話はそこで途切れてしまった。

高速に長い渋滞が続き、詩子は息苦しさを感じるほど居心地が悪かった。やっとイタリー広場に着き、高速の単純な渋滞とは異なる、パリの町独特の入り組んだ混雑に入って暫《しばら》くしてから、あ、隣に人を乗せているんだ、と、突然思い出したように、端正な横顔が詩子に向いた。

「詩子さん、お住まいはどちらですか」

詩子はこの気詰まりから一刻も早く解放されたいと思った。

「パリまで乗せていただいて助かりました。最寄りのメトロで降ろしていただければ……」

「ご用がおありなんでしょう？　お送りしますよ。ま、この混みようではメトロの方が早いかも知れないな」

「ええ、ここからだとセーヴル・バビロンには一本でいけますので。ボン・マルシェ・デパートで食料を買いたいんです。夕食に人を招《よ》んでいますので」

「あ、デートですか」

弁護士は屈託のない笑顔を見せた。

「ええ、相手はティーンエイジャーの少年ですけれど」

久し振りに見せた男の笑顔につられて、詩子もほどけた明るい声で答えた。と、ブキャナンの顔が急に、しみじみと詩子を見つめた。

「もしかして、その少年、マテューですか?」

「え?　どうして?　ご存じなんですか」

それには答えず、男は溢れかえった車の群れに視線を返した。

「デパートまでお送りします。マテューに美味しいものを作ってあげて下さい」

そうか、ダニエル・ブキャナンとアンヌとは、やっぱりかなり親しい仲なんだ、と詩子が思いを馳せているとき、男が突然言った。

「今日、アポイントが詰まっていると言ったのは嘘なんです。あの塚田というリポーターが追っている容疑者は、たぶん日本人で、ぼくの依頼人というか、ぼくが、勝手に弁護を買って出た十八歳の少年と、中でかなり頼り合っている仲らしい。もしそうだとすると、ややこしいことになりそうなので、関わりたくなかったのです」

詩子は、リポーターとか、弁護士とか今までの生活圏のなかでは知る由もなかった人種に、同時に二人も会ったことに驚いた。世の中って面白いものなんだと思った。

ダニエル・ブキャナンが弁護している少年と、何かの罪で投獄されている日本人。詩子は、日本人が掏摸《すり》に会った、とか、騙《だま》されたという話はよく聞かされるが、外国へ出ると、情けないほど萎縮しがちな日本人が、投獄されるような、どんな悪事を犯したんだろう、と不思議な気がした。

渋滞を器用に抜けて、デパートの食料品ゾーンの入り口で詩子を下ろしてくれたダニエル・ブキャナンは、急に思いついたように、思いもかけないことを言った。

「詩子さん、今度の週末、ぼくの操縦する飛行機に乗ってみませんか。ブルターニュのサン・マロの近郊にパリ郊外のより、ずっと気持ちのいい飛行場があるんです」

「えっ！　プロペラの小型飛行機に乗るんですか」

「怖いですか」

「ええ、すっごく怖いです」

ブキャナンは面白そうに笑った。

「ご連絡しますよ」と、ドアを閉めながら言って、詩子の反応も待たずに走り去った。

デパートの重たいドアを体ごと押して入りながら、いつになったらオートマティック・ドアにするんだろう、ま、フランスらしいのかな……と、いつも思うことを思ったり、「ご連絡しますよ」と走り去った、分かり難い男の招待に戸惑う自分を感じたりした。

一階のフロアーすべてを使って、世界の国々の、高級食材をそろえたのは、このボン・マルシェ・デパートがはじめてのことだった。ボン・マルシェとは安いという意味だが、名前に反して他より高い。そのせいかいつも空いていることと、アパルトマンから、通りを隔てた眼の前にあるので、詩子には便利この上ない場所だった。

贅沢《ぜいたく》な品揃えに囲まれて、この日、詩子にはいつものように、眼にするものを無計画にカートに放り込む、買い物魔的発作は起こらなかった。マテューの喜びそうなものだけを選んで、まっすぐセーヴル通りを渡って家へ帰った。

＊

「マテュー！」

ドアの厳重な防犯キーは解除されていたので、合鍵を使って、早々とマテューが来ていることを知って、詩子が眼で少年を捜しながら呼んだ。

「ずいぶん早かったのね。今日はラグビーの日じゃなかったの？」

返事のない居間に少年はいなかった。

「あれっ何処《どこ》に隠れているの？」食料品をもった詩子がキッチンへ入ると、バルコニーに立っているマテューの姿が見えた。詩子には背を向けて、少年は雲の流れでも見ているのか、詩子の声は聞こえないようだった。

セーヴル通りは、車が多く、ひっきりなしにバスも通る大通りなので、新築ではあったが安普請のこのアパルトマンは、夜になっても騒音が絶えない。特にこの時間帯の渋滞はひどいものだった。詩子の帰宅にやっと気が付いたマテューは、一段と高くなった背を屈《かが》めるようにして、バルコニーから天井の低いキッチンへ入ってきた。

「サリュー」詩子に向けたうっすらとした笑顔に、いままでに見たことのない思春期の憂鬱、のような翳があった。

「大きくなっちゃったわね。会う度に大人になっていく」

「もう十六だよ。大人だよ」

「どうしたの、ガールフレンドでも出来た？」

「そんなの、もうとっくにいるよ」

「あらま、失礼しました」

ふざけた詩子にマテューは、乗ってこなかった。野菜を洗い出した詩子の手から、洗い桶《おけ》を取って手伝いだした。いつにない妙なわだかまりを感じて、詩子は想像を巡らせた。何かが起こったんだとは思っても、この年ごろの少年の思惑は察しようもなかった。別れ際にブキャナン弁護士が言ったことを思い出した。探りを入れるようでいやだったが、取りつく島もないような少年の態度を、どう扱っていいのか分からず思わず訊いてみた。

「ダニエル・ブキャナン弁護士を知っているの？」

「あ、ダニーのこと？　うん、ぼくに英語を教えてくれている」

「家庭教師？　じゃないよね」

「じゃない」

「ふーん」

「どうして？」

「マテューに美味しいものを作ってなんて言ったから」

「あの人、ぼくにとてもやさしいんだ。ぼくも大好きなんだ。ママンと一緒に会ったの？」

「飛行場でね」

マテューが真剣な眼ざしで詩子を見つめたのは、二人で作った串カツやデザートをきれいに平らげたあとだった。すごい食欲をみて、なんだ、たいした問題はないな、と思ったときだった。

「ウタコ……ぼくは誰の子？」不意をつかれて詩子は、ぽかっと口を開けてマテューを見つめた。二、三秒の間が流れた。

「なにを言ってるの！　パパとママンの子に決まってるでしょ」

「取り繕わないで！　ウタコまでぼくを欺かないで！」

「誰もマテューを欺いたりしてないよ。どうしたの！」

この年ごろの子供特有の、干し草のような青臭さを漂わせて、視線を落としているマテューを抱きしめてやりたい衝動に駆られながらも、取り繕う罪は犯すまいと思った。

「急にどうしたの。何故そんなことを言うの。なにを思ったの？」

「かなり前から、うっすらと思っていた」

詩子はマテューを見つめながら、なぜもっと早く本当のことを言わなかったのか、アンヌを責める気分になった。夫婦の普通ではない生活振りに鈍感でいるはずはない年頃になっているマテュー。少年の瞳に浮かぶ疑惑に似た困惑を、詩子は自分なりに受け止めようと思った。

「わたしがあなたにはじめて会ったのは、あなたが四歳の誕生パーティだったのよ。可愛らしくて、やんちゃで……」

「憶えてない！」すぱっと、斬るようにマテューが言った。

「そうだよね」

「憶えていないぼくの過去に何があったのか知りたくなった」

「わたしにも分からないよ。そんな突飛なことを思ったきっかけは何なの」

少年は上目遣いに詩子を掬《すく》いあげるように見た。

「マテューは、どっちにも似ていないわね、とアイツが言ったんだ」

「アイツ？」

「ママンがいなくなると、入れ違いのように家に入りこんでくる女」

「あ、秘書とかいう……」

「そんな誤魔化しに知らん顔しているママンの気持ちが分からない。アイツが来る前に急に居なくなるのはどうして？」

「わたしも不思議に思っているのよ」

「大人の女って親しくてもそういうこと話し合わないの？」

「話し合わないから続いていく友情もあると思うよ」

「ぼくの存在が関わっていると思わない？」

「思わない」

「鈍感なんだね、案外」

詩子は胸の奥でため息をついた。

「どっちにも似てないって言われたことだけで……」

続けようとする詩子をマテューが遮った。

「そんなこと言われる前から、変だとは思っていたよ。アイツは別にぼくに対して冷たくないし、むしろへんに優しいんだよ。それが気持ち悪いんだよ」

「そのアイツが家へ入り込むようになったのは、いつ頃から？」

「もう二年ぐらいになると思う。その前からパパが夜家へ帰らないことがよくあってさ。そんなとき、ママンはなんにも言わないんだ。ただ、ぼくにやさしくて、すごく明るく振舞うんだ。学校が休みのときはウタコも知ってるように、山に行ったり、飛行場にも行ったよ」

「一体なにがあるんだろう」

「ほんとに知らないの？」

マテューは半信半疑のまなざしで、詩子の眼の奥を真っすぐに覗いた。

「わたしを信じないの？」

「信じないよ、もちろん」

マテューの眼が昏《くら》い翳に覆われた。その翳は、飛行場で会ったブキャナン弁護士が、自分の母親に関して、アンヌが解説しそうになったのを、慌てて押さえた時に眼に浮かんだ翳と似ていた。マテューにやさしいというブキャナン。この二人に何かの共通点でもあるのだろうか。

「ウタコはパパが嫌いでしょ」

「正直いってあまり好きじゃない」

「見え見えだよ。だけど、パパはぼくと二人っきりになるととっても優しいんだ。宿題をみてくれたり、成績表をみて冗談言ったりさ、ママンがいるときとは態度が違うんだよ。何だか、ぼくに関して優しさを隠れて競い合っているような、ヘンな感じなんだ。それで、長いこと、ぼくはパパかママンのどっちかの連れ子なんじゃないかと思っていたんだ。強いて言えばママンのほうだな」

「それはないと思うな」

「いい加減なこと言わないでよ。知らないなら」

「今日のマテューは手に負えないな。なにがあったか知らないけれど、わたしにまであたらないでよ」

「ごめん、パパもママンもぼくを持てあましてる気がするんだ。きっと、手に負えないんだよ。普通の子のように素直じゃないのかも知れない。ちょっと変わってるのかも知れない」

詩子はぎょっとして眼を瞠《みは》った。マテューの眼がこぼれそうな涙を溜めて途方に暮れていたのだった。

一体いつからこの子はこんな思いに晒《さら》されているんだろう、詩子のなかに罪悪感が充《み》ちた。

「それに、アイツが言うまで気がつかなかったけれど、ほんとにぼくどっちにも似てないんだ」

詩子はおざなりをいうのは止めた。

「わたしからアンヌに話してみるよ」

「いいよ、それはしない方がいい」

「どうして、マテューがこんなに悩んでいるなんてアンヌは吃驚すると思うよ」

「ママンは能天気なとこがあるんだ。それとも、見えないところでひどく繊細で、ぼくに話すチャンスを見計らってるのかも知れない」

「話すべき問題なんか何にも無いかも知れないじゃない」

「ウタコは鈍感だけどやさしいんだね」

二度も鈍感と言われて、ちょっとむっとした詩子の頬っぺたにマテューが、音が立つほど大袈裟《おおげさ》なキスをした。

会社が借りてくれた、日本流に言えばこの2DKは最近建てられた新しい建物で、安っぽくはあっても詩子の部屋は七階なので眺めがいい。バルコニーから夜空の星も見えるし、町の灯りも目線の下で煌めいている。

「ここは賑やかでいいな」

憂いと憧れを籠めた声で少年が言った。賑やかさとはほど遠い我が家へ帰るけじめをつけるように、ジャンパーを宙へ放り投げて、次の瞬間、狙いを定めて両腕を入れ、手品師のような早業でばしっと体をおさめた。

「お、すごい！　そんなことも出来るんだ」

「チャオ、ウタコ。串カツおいしかった」

「明日は日曜日よ。泊まって行かないの？」

「彼女に会うことになってる」

「どんな子？」

「強くて、真っすぐで今のぼくにはぴったりな子。ラグビー部のマネジャーをやってるんだ」

マテューは十六歳らしい明るい笑顔をとりもどし、夜の始まった町に飛び出して行った。

＊

詩子は次の週末、東京の本社から来た化粧品開発部の責任者にお供して、土日を利用して南仏にあるグラースという街の丘の上にある、香料の研究所へ行くことになった。

「今度の週末、ぼくの操縦する飛行機に乗ってみませんか」と、ダニエル・ブキャナンに誘われたことが気になったが、連絡はなかったし、お互いアンヌを介さなければ住所も電話番号も知らないので、あれは単なる気紛《きまぐ》れだったのか……と思いながら、もしそうだとしたらずいぶん馬鹿にされたものだといやな気分で、ニースの空港からのタクシーに揺られていた。

ダニエル・ブキャナンの非礼ともとれる、ほっぽらかされた誘いに、胸にわだかまる鬱陶しい思いが、青く光る海岸線を走るうちに少しずつ晴れていった。パリはどの海からも遠いし、週末以外は、オフィスにこもったり、コレクションの準備や、本社との連絡で息の抜けない時間が続く。それら、連日の緊張が、白い波がしらを立て、青の濃淡を描いて広がる地中海を見ているうちに、ゆったりとほどけていった。五月には国際映画祭で賑わうカンヌの町を通り過ぎ、ほどない処にあるグラースの丘は、さまざまな花や植物が咲き乱れ、登る道半ばから、車の中にまで甘い香りが充満してきた。花に埋もれた辺り一面から立ち昇る、それは野生が醸《かも》す自然な香りだった。

ところが丘の上に建てられた香料研究所に近づくにつれ、香りは人工的にソフィスティケイトされた、刺激的な匂いに変わっていった。

東京から派遣されてきた開発部の花井《はない》女史を含め三人の日本人を、香料研究所の社員が数人丁重に門まで出迎えてくれた。このころ詩子が勤務する化粧品会社は、世界規模で発展し、こうした受注先の人びとにも一種のリスペクトを持って迎えられることを詩子は誇らしく思った。

調香師と名乗る中年のフランス人に案内され、数知れないボトルに収められた香料のアトリエに足を踏み入れた途端、すさまじい香りが胸まで浸透してきたようで、詩子はかるい眩暈《めまい》を感じたほどだった。

白く細長い調香テスト紙の束を持って、試験管のようなビンに浸し、白衣の調香師が、花井を中心に順番に香りをかがせてくれる。十何種類かの香料をかいだだけで、詩子は胸がいっぱいになり、気分が悪くなりそうになった。

「すごい仕事でしょう。渚さんは香水作りに参加したこと、たぶんないわよね」

「ないです。たいへんな才能ですね。こんなに匂いだらけの中でどうやって嗅ぎわけられるんですか」

二人の会話を察したように、調香師が笑いながら言った。

「わたしたちは香水を調合するときは、朝から何も食べないし、水しか飲みません。コーヒーでも飲んでしまうと、体のなかに匂いが残ってしまう」

「わっ、すごい。だから花井さん、飛行機の中で出されたケーキやお茶を、テーブルに置くことも断ったんですか」

「厳しいのよ、この仕事。でもわたしは大好きなの」

「あまり甘すぎない、すこし渋めのものを来年出す、とは聞きましたけれど」

「名前も決まっているのよ。『むらさき』すてきでしょ」

花井は本当に楽しそうだった。研究所を出て、ニースのはずれにある海のなかに突き出た、船のような形をしたレストランで早い夕食を摂った。窓いっぱいに広がる海は、昼間見た真っ青に光る色合いを深いエメラルド色に変えて、神秘的な魅力を湛《たた》えていた。

さすがは地中海。魚も伊勢海老も新鮮で、ごてごてと料理してない素材が生きた味は素晴らしかった。次の日も残る花井と通訳の役目の男性社員を置いて、詩子はニースから夜の便に乗ってパリへ帰った。

「明日もご一緒できればいいんですけれど、わたしお役に立ちそうもありませんから。まさか、将来会社がわたしにも香水作りを勉強しろとは言わないでしょうし」

花井は明るく笑って詩子を睨《にら》んだ。

「わたしの沽券《こけん》に関わるわね。まだ、定年には間があるのよ。代替わりはないと思うわ」

はっとする詩子を、ベテランらしく鷹揚《おうよう》にねぎらった。

「もう一日、のんびりなさったらいいのに。この南仏は、渚さんがよく頑張って働いてくださるので、会社のご褒美だと思うのよ。香水作りなんてムリは絶対に言わないと思う」

「あらっ、わたし、なんてドジなんでしょう。ごめんなさい。簡単に身につくお仕事じゃありませんよね」

いくら会社のご褒美でも、あのむせかえる匂いの中にもう一度行くのはご勘弁と、適当にお礼を言って一人ニース空港へ向かったのだった。

帰りの道中、詩子は大先輩に失礼なことを言ってしまった自分のうかつさを嘆きながら、ネオンが賑わっているセーヴル通りのアパルトマンへ着き、ドアを開けた。

「えっ？」

ドアから滑り込ませたのだろう、一枚のメモが、勢いよく開けたドアに煽《あお》られて、ひらりと舞いながら絨毯《じゅうたん》の上に落ちた。

ぼくの賭けは、見事に外れました。先週、ぼくの操縦で飛んでみませんか、という提案。お返事を聞かずに、いきなり今お部屋のベルを鳴らしました。お留守でした。

当然ですよね。

電話でご都合も訊かなかったのですから。唐突なぼくのお誘いに応えてくださることに賭けて、旅支度のあなたがドアを開けてくれるようなことを期待していた自分の阿呆さ加減が、逆にいとおしくさえなりました。お笑いください。

D・ブキャナン

一泊するはずだったグラースへの小さな旅行ケースを、ぽとりと落として、詩子は唖然《あぜん》とした。引きちぎられたノートのページは、膝の上か、ドアに当てて書いたのだろう。

不便な状態で書かれた字は、すこし乱れて癖の強い日本語だった。

この人は、誰？　女として誘いをかけられているのか、面白半分にからかわれているのか。詩子は棒立ちのまま、どきどきしながら腹を立てた。前者だとしたら、刑務所の帰りの車の中で、あれほど無視されたのはなぜ？　でも、もう若いとは言えない一人前の女をからかうほど、暇とも思えないし、そんな悪趣味があるとも思えない。

一体なんなの！

うれしいような、侮辱されたようなもやもやした気分で、アンヌに電話を掛けた。

「ああ、ウタコ、あなたに振られたってダニーから電話があったわよ。話を聞けば当たり前だわね。連絡もしないで、いきなり迎えに行くなんて。彼にはそういうところあるのよ。その穴埋めのようにマテューとマテューのガールフレンドを連れて、ブルターニュに行ったわ」

「ブルターニュのサン・マロ？」

「そう、かなり気分のいいプライヴェートな飛行場があるのよ」

「プライヴェートって、ブキャナンさんってそれほどお金持ちなの」

「まさか。持ち主が、飛行機マニアに時間制で貸しているの」

「で、マテューたちは飛行機に乗ったの？」

「初めてのことじゃないのよ。マテューはわたしの操縦より、ダニーに絶対の信頼を置いてるらしい。というより、海岸線を羊たちの群れを追って、いきなり急降下して低空飛行なんてリスキーなことをするから、楽しいらしいわ」

「危ないわね。ガールフレンドも一緒に？」

「四人乗りのちいさなプロペラ機で、ダニーの友達も一緒だったらしいわ」

アンヌが珍しく焦った声で早口に話した。

「マテューのことだけど……」

と言いだしたところでアンヌに遮られた。

「今度、ゆっくり話すわよ。今、ちょうどアランと彼のことで話し合っているところなの」

夫婦二人で話し合う、ということは、彼らもマテューについて何かを感じているに違いないと思って、余計なことを言わないでよかったとほっとした。

「大事な話し合いの時にお邪魔してごめん」と言って電話を切った。

結局は、ブキャナンのメモが意味するものは何も摑めず、グラースの香料がまだ体の芯に残るけだるさの中に、曖昧《あいまい》な疲れが重なった。


よく眠れなかった翌日曜日のお昼に近い時間に電話が鳴った。

「ウタコ！ 今、ダニーと替わるよ」

先週の串カツのときとは、打って変わった元気のいいマテューの声だった。

「詩子さん、自分勝手な妄想に振り回されて、へんなメモを残して失礼しました。驚かれたかも知れないと反省しています」

「驚きました。からかわれているのかと思いました」

「からかう？ ぼくがあなたを？ とんでもないことです」

しずかな低い声に、わずかな艶があった。パリ郊外の飛行場で会ったときや、森の中の刑務所から出て来た、硬い印象しか残さなかったときとも違う声だった。この人、誰？ とその声を聞きながらまた同じ疑問を持った。そして詩子は怪訝に思いながらも、（わたしもこの謎めいた男に惹《ひ》かれているのかも知れない）とも思った。受話器のなかに、人々のざわめく声が聞こえ、そのなかにマテューと少女の明るく弾んだ声も混ざっていた。

「詩子さん、飛行場を発《た》ってこれからパリへ戻ります。また突然ですが今夜の食事は空いていますか」

「ええ、でも……」話の急展開に乗るのは止《よ》そうと思った。

「子供たちを送ってからですから、九時近くになりますがよろしいでしょうか。先日会った日本のリポーターが追っている事件のことも分かったので、お話ししたいのですが」

なんだ、そういうこと？ それと、あの思わせぶりなメモとは無関係なわけ？ さまざまな想像を巡らしながら、結局はブキャナンの誘いを断らなかった。

「よかった。じゃあ、遅い時間なので、お宅から歩いて行ける所に『レカミエ』というレストランがあります」

「知っています。アンヌとよく行くところです」

「お待ちしています」電話はかなり素気《そつけ》無く切れた。

謎めいた男との、謎めいた遅い晩餐《ばんさん》に、詩子は意識してすこし遅れて行った。待たされるようならメモも残さず帰ってこよう、というわけのわからない敵愾心《てきがいしん》と、ざわざわした期待感とで、セーヴル通りを歩いて、五分もかからず指定のレストランに着いた。その場所はパリの町によくある通り抜けのできない幅広の短い通りで、スクエアーといったほうが正しいのかも知れない。かなり洒落たその場所には、駐車出来るスペースもあって、そこにブキャナンのアウトビアンキはなかった。待たないぞ、という思いでレストランに入った途端、顔見知りのボーイ長がすぐにコートを脱ぐのを手伝いながら、

「お待ちでいらっしゃいますよ」と言った。

奥の席から、いかにもレジャー帰りというラフな姿のダニエル・ブキャナンが笑顔で立ち上がった。パリの郊外にある飛行場で会った時と似通った印象を受けた。夜の食事が遅いパリでは、この時間帯はほぼ満席の客で賑わっていた。ゆったりとした間隔をあけてあるテーブルの間をぬって、詩子は意識してマヌカンがステージを歩くような超然とクールな歩みで近づいて行った。その詩子をブキャナンはちょっと眩《まぶ》しそうに見つめた。

「お車がないので、お待ちするのかと思いました。長いことお待ちするのはやめようという思いで参りました」

ダニエル・ブキャナンは、はっとしたように眩し気な気配を深め、一呼吸置いてからさらりと言った。

「サン・マロまでいっきに行くにはぼくの車は小さすぎるので、マテューを迎えに行ったついでにあの家の大きい車を借りて行きました」

「お親しいのね」

「まあ、複雑な関係です」

それ以上の説明はなかったし、訊くこともしなかった。

席に落ち着き、ナプキンを取ったところで、笑顔を、照れ笑いに変えながら、冗談とも、真面目ともつかない声が言った。

「へんなメモにびっくりなさったでしょう」

「賭け、と書いていらしたけれど、あまり分かりやすい御趣味じゃないと思いました」

ちらりとしたほほ笑みのなかに、惑わされた甘い苛立ちを込めて少し恨みっぽく言った。

「そうですか。ぼくにとっては、本当に賭けでした。もしやもし、あなたがぼくの中途半端な誘いを面白いと思って待っていて下さったら、ラッキー。お留守なら、あなたとの縁はこれまで、と諦めるつもりでした。マテューがいきなりあなたに電話したので、こうしてあなたに会えることになりました。マテューに感謝します」

詩子はキツネにつままれているような気分になった。

「わたしとの縁って……。たった二度偶然に出会っただけで、縁なんてものを感じさせる出会いではありませんでしたのに」

「あなたにとってはそういう感じだったわけですか」

「だって、刑務所から送っていただいたパリまでの車の中で、わたしは完璧に無視されていましたもの。体が硬直するほど気詰まりでした」

「ああ、ほんとに失礼しました。あの時、ぼくはある妄想にかられていて、ひどく緊張していたんです。体中の神経が、いちかばちかの途方もない賭けに怯えたり、勇み立ったりしていた」

「また妄想と、賭けですか」

詩子は笑い出した。もう笑うしかないと思った。

「よく考えれば、妄想に終わることですが、あの日は或る決意をもって刑務所の中や、特に受刑者が体を動かすための自由時間に出される所内の庭を偵察にいったんです。その、決意というか、思いつきにまだ未練は持っています。実行不可能なことは確認しましたが」

といって、ブキャナンは自嘲的な笑いを見せた。

「どんな決意？」

ブキャナンは微妙な笑みを見せた。冗談を装うつもりなのか、しかし真剣なまなざしでじっと詩子をみた。そして辺りをはばかることもなく、声を低めることもなく、クールな声が言った。

「脱獄計画です」

「えっ！」

驚いた詩子を見つめたブキャナンの眼が、一瞬焦点をはずして、何処を見ているのか視野が拡散した。

「まさか！　弁護士さんが脱獄をたすけるの？　どうして？」

「ぼくが救いたい少年はこのままだと一生を棒に振るほど、あの中に長いこといるかも知れない。その不当さにぼくは我慢が出来ない」

「だからって、弁護士さんが……」

「弁護士としてではなく、複雑な過去を持つ人間として、同じように普通の子供のようなしあわせに巡り合わないで、十八歳を迎えた彼にこころを寄せるのは当然でしょう」

詩子は、眼の前にいる男の語ろうとしている物語に、自分がどこまでついていけるのか、ついていっていいのか、疑わしい気分で、複雑な過去を持つと自ら言う男の眼を正面から見詰めた。

「その少年の罪はなんなのですか」

「銀行強盗です」

詩子は息を呑んだ。

「といっても、そそのかされ、凶悪な三人組の犯行に引っ張り込まれて、だしに使われただけなんです」

「そそのかされたんですか、十八歳にもなっていて?」

「彼には親も身内も友人もいなかった。汚れた毛布一枚にくるまれて施設の玄関に捨てられた孤児です」

眼の前にいる男が、同じような境遇にいたとは思えなかった。

「十八歳で成人になると、施設を出なければならないわけです。もちろんそれなりの教育も、社会に適応出来る職業訓練の機会も与えられていた。フランスという国はさすがにその点はちゃんとしています」

「で、その少年は、施設を出た後、行くところもなかったわけですか」

詩子はふとマテューのことを思わずにはいられなかった。普通の時だったら、恵まれた環境にいるマテューのことを思い浮かべもしないはずだが、串カツのときの深い翳に包まれた、解けない疑惑に翻弄されている彼の面影がよぎったのだった。

そのとき、ボーイ長がメニューを持って近づいてきた。いったん途切れた会話のあと、ブキャナンが話したことはまるでB級映画のストーリーのようだった。

少年は人なつこい性格で施設の中では、年長者として、面倒見がよく慕われていた存在だった。そんな少年が十八歳になって、はじめて実社会に出て馴染《なじ》むことが容易でないことは分かる。いわゆる娑婆《しゃば》といわれる現実の世界で、少年は息をつめて立ち往生した。

見知った顔は一つもない。別に冷たくもやさしくもされない。誰一人として彼の存在に眼を止める者がいないのだった。住み慣れた施設での日々が恋しかった。与えられた唯一の住所を探し出して、施設からの紹介状を出した。それは、小さな部品工場だった。もともと人なつこい性格が幸いして、少年は次第に自分の居場所ができたように思い、周りとも打ち解けていった。なかでも、すこし年上の、もう少年とはいえないいっぱしの工員から、異常なほど親切にされた。ここまで話してブキャナンは詩子の困惑した様子に敏感に反応した。

「ご迷惑ですよね、こんな話」

「いえ、でもその子の不幸を話してくださるための、お食事ではなかったのでしょう？」

「失礼。こんな話をするはずじゃなかった。あなたに会いたかっただけです」

「うれしいけれど……でも、聞きかじっただけでは収まりそうもないお話ですよね。脱獄という、突飛な思いに至る理由が知りたくなりました。しかもれっきとした現役の弁護士さんなのに」

「ご迷惑でなければ、かいつまんで説明させてください。少年は親切にしてくれる工員の術中にころりとはまってしまった。銀行強盗は実行されたんです。逃げ遅れた少年と彼を引きずりこんだ工員だけが捕まって、悪質な常習犯三人は国外脱出をしてしまった。不幸にして、主犯格の人間が、非常ベルを押そうとした勇気ある銀行員を撃ってしまったのです。少年は恐ろしさにただがたがたと震えていた。その少年の手に、工員の男がいきなりピストルを持たせ、自分が手を添えてやみくもに撃った弾が、高齢の男性の脛《すね》に当たってしまったんです。工員の男は犯罪歴もないただの使い走りだったんです。彼も初めての大それた犯行や、その場の雰囲気に呑まれ、慌てふためいて凶行に走ったとしか思えない。ただ男は手袋をはめていて少年は素手だったんです」

「で、少年の指紋が残ったのね」

「ぼくは彼の国選弁護人が、残された証拠を理由に、真相を調べることに熱心ではなく、裁判で少年に二十年という長すぎる懲役が言い渡されたことに驚いて、無報酬でその弁護士の肩代わりをしているわけです」

「その種類の判決はひるがえされることもあるんですか」

「可能ですが、このケースは難しい。悪ぶって少年を誘い込んだ工員はもちろん捕えられましたが、パニック状態のなかで、銀行に居合わせた人たちも、最初に銀行員を射殺した主犯だけは記憶にあるけれど、ほかにも重傷を負った女性たちがいるのに、誰が誰を撃ったのか、混乱状態の中で、正確な証言ができなかった。その状況をいいことに、工員の男が、途中から罪を全部少年になすりつけてしまった」

　この日のある時間帯に、防犯カメラの大半が、検査のため短時間停止されることを、凶悪犯は知っていたに違いない、と言うブキャナンの声が震えてきたのを詩子はじっと見つめていた。

「施設を出たばかりの少年に、二十年の刑務所暮らしはきついですね」

「そんなことになれば、あの少年のあまりにも無垢《むく》で、純粋で、ただただ、人の温かみに飢えていただけの心は完全に打ち砕かれるでしょう。ニコラといいますが、それは素直で、繊細で、ただ、心根が強い子ではないんです」

　もしかしたら、彼は二歳違いのマテューに置き換えて、考えているのではないだろうか、と思ったり、マテューの出生の秘密を知っているとは限らないと思ったり、詩子はニコラというその少年への、弁護士としての役割を超えての異常な思いやりが理解できなかった。

　ブキャナンは憑《つ》かれたように言い募った。

「裁判のとき、脛を撃たれて膝から下を切断された被害者の老人が、車椅子に乗って、射殺された銀行員の写真を黒枠のフレームに入れ、それを大きく掲げて、証人台に向かってドアから入って来た途端に、陪審員や裁判長に決定的な印象を与えてしまったと思います」

「もちろん、そのご老人や殺された銀行員の方や、そしてご家族の無念を思えば、どんな罰を受けてもしかたないと思うけれど……直接手を下さなかったにしても、冤罪《えんざい》の不運を被ってしまった少年の脱獄を考えるのは、ちょっとエキセントリック過ぎません？」

「もちろん、必死でその工員の行動を見た人間を捜してはいるんです。それが瞬間的なものだったのか、何秒か続いたのか……なかなか埒《らち》があかなくて、いっそ脱走させようか、という突飛な妄想に駆られたわけです」

「ほんとうに突飛だわ。それに、どうやって？　怪傑ゾロみたいに大きなマントでも着て、運動場にでたその少年をくるむとか……」

　詩子はブキャナンのそこまで思う少年への気持ちを、冗談混じりの言葉で諫《いさ》めたかった。

「からかわないでください」その声にやるせなさがあった。

「じゃ、どうやって？」

ブキャナンは醒《さ》めた声で言った。

「ヘリコプターを使えば、庭にいる人たちは一瞬、驚くか、視察にでも来たのかと思うでしょう。その何分かの隙をつきたかった」

「先週の土曜日、そんな事を考えていらしたの？」

「そうです。帰り道、あなたが隣にいるのも忘れるほど、不可能な妄想に取りつかれていました」

「だって、成功するはずもない、そんな暴挙をしたら、弁護士さんの資格は剝奪されるでしょう？」

「覚悟のうえですよ」

詩子は心底驚いて、黙ってしまった。

冷めてしまった料理に手をつけながら、彼ははじめてくつろいだ表情を取り戻した。遠くから様子を気にしていたらしいボーイ長が近づいてきた。

「お話が弾んでいたようなので、遠慮していましたが、ワインが進んでいませんね。これを残したら勿体《もったい》ないですよ」

それは、一九六六年ブルゴーニュ産のポマールという幻のワインだった。

「ほんとだ」

と言って、はじめてゆったりとした感じで味わった途端、

「これはほんとに旨い。詩子さんはあまり飲まないんだと聞きましたが、一口でも飲んでみませんか」

「ええ、今夜はいただきます。あんまり驚いたので、眠れなくなりそうなので」

笑って言った詩子は、グラスをブキャナンに向けて軽く上げてから、ポマールを一口飲んだ。

「ほんと、コクがあっておいしい。わたし、たくさんは飲めないけれど味はよく分かるんです」

「すこし飲んで、よく眠って下さい。先週会った塚田というリポーターに頼まれた事件のことは、今夜はもうお話ししませんよ」

「あ、彼から事件の弁護を頼まれたんですか。でも仰るように今夜は吃驚《びっくり》が胸いっぱいに詰まってしまって……ダメです。でも、わたしとしては、日本人が被害にあった話ばかりきくので、投獄されるような悪事を犯す若者が出てきたなんて、やっとコンプレックスを脱ぎ捨てて世界人になれたかな、なんて頼もしくさえ感じます。またお会いする機会があったら是非、詳細を聞かせてください」

その詩子を男は、じっと見つめた。

「今夜が最初で最後なんて思わないでください」

詩子の胸の裡《うち》を探るような、まなざしで言った。そして、それまで夢中になって言い募っていた少年の事件を、こともなく払いのけたように、あまりにも静かに、幾層にも嵩んだ自分自身の暗がりにあかりを灯すかのように、不思議な笑みをたたえた。あなたに会いたかっただけです、と言った言葉の証《あかし》になるような会話は全くなく、時折、自分を見つめている視線を感じるだけで夜が更けて行った。

食事が終わるころ、ポマールは空になっていた。一杯目を半分も飲めないで残した詩子のグラスにブキャナンの手が伸びた。

「いただきますよ」

一口飲んだだけで、頬を染めている詩子は、自分が口をつけた飲み残しのワインを、あまりにも自然に飲みほした男のなにげない仕草に、胸が熱くなった。

レストランを出ると、夜風が肌を刺すほど冷たかった。

アンヌの家から借りたという車があるのかないのか、車を出すほどの距離ではないためか、肩をすくめる詩子に、自分のオーヴァーコートを脱いで、肩にすっぽりと被せた。そのまま詩子を抱き寄せるようにしてアパルトマンのエレヴェーターまで送って、一緒に乗ろうとはせず、やわらかいほほ笑みをうかべた。

「悪夢を見ないでください。そして、いつかきっとぼくの操縦する飛行機に乗って下さい」

淡々とした面持ちで言ったブキャナンは、詩子の肩にかけたコートを外し、ふわりと羽織りながら片手をあげて、そのまま夜の深まったセーヴル通りを歩き去って行った。縁うんぬんを思わせる言葉も、次に会う約束もなく、深夜の闇と、散らばる街のネオンのなかに消えていった男が、癪《しゃく》に障るほどこころにしみた。

＊

会社の小さな応接室で、冷めてしまったお茶には手もつけず、詩子はアンヌを見つめていた。仕事が終わり、帰り仕度をしている時にアンヌから電話があった。

「喫茶店や、レストランでは話しにくいので、上がって行っていいかしら。いま、ビルの下に来ているのよ」

いつもの明るい表情に、困り果てたようなためらいを見せてアンヌはマテューからの質問を打ち明けた。

「ママンは、何を隠しているの？　って、いきなり言われて驚いた」

「いつ？」

「それが、この前の週末、ダニーに誘われて、サン・マロから大はしゃぎで、機嫌良く帰って来た夜なのよ。いつまでも寝ないから、明日の学校に遅れるわよ、早く寝なさいって言ったの。いつも日曜日は宵っ張りで月曜日の朝起こすのが大変だから……」

「その前の晩、土曜日のかなり遅い時間にわたしが電話したとき、アランとマテューのことで相談していると言ったでしょう」

「そうなのよ。思春期のせいなのか、でも、もうかなり前から時々、へんに鬱っぽくなったり、口を利かなくなったりすることがあったから、本当のことを話す方がいいんじゃないか、その場合、アランか、わたしか、どっちが話す方がいいのか……」

「遅すぎるわよ、あんなに繊細でナイーヴな子に、もっと早く話すべきだったとわたしは思うわ」

「ところが、もらわれてきたということじゃなかったのよ」

「え？」

「いつまでも、ソファで、膝を抱えているから、部屋に行って寝なさい！　ってかなり怒鳴ったのよ。そしたらわたしに振り向けた顔が涙で濡《ぬ》れていたの」

その数時間前に、サン・マロからあんなに明るい声で電話を掛けて来たマテュー。

「強くて、真っすぐで今のぼくにはぴったりな子」と、自慢していたガールフレンドと二人で、ダニエルの飛行機に乗って大喜びに思えたマテューの、豹変《ひょうへん》した心情を察して詩子は胸が痛くなった。

「パパとママンはどうして、ふつうのパパとママンじゃないの、と言われたの」

詩子はじっと黙ってアンヌを見つめてしまった。

「どうしたの、ウタコもそう思ってるわけ？」

「当然でしょ」

アンヌはうつむいてしまった。

「話したくはなかったけれど……」

めずらしく言い淀《よど》んでいるアンヌを詩子が制した。

「話したくないことは、聞かない方がいいわ」

「わたしには、あなたに分かってもらって、アランを嫌う誤解を解いてもらう義務があるのよ」

意外な方向にずれた会話に詩子は戸惑った。

「わたしはアランと結婚するまえに、こんなことは二度とないだろうと思うほどの恋をして、その人の子供を宿していたの。結婚寸前に、ある事情があって、彼とは別れなければならなくなったの。おまけに医者から、検査の結果、お腹《なか》の子は双生児で障害を持って生まれる可能性がある、と言われたの」

アンヌは、冷たくなったお茶を飲んだ。手がすこし震えていた。

「わたしの骨盤は狭いし、帝王切開になるって言われた。それより異常があるかないかは、羊水が増えるのを待って精密な検査をする必要があったの。それは酷《むご》い日々だったわ」

「羊水ってどのくらいで検査出来るものなの？」

「三、四か月目だったと思うわ。わたしの生涯最悪の日々だったわ。でも、じっと待った。物も喉を通らないくらい憔悴《しょうすい》していたと思う」

「結果はどうだったの」

「障害がほぼ確定した結果に茫然《ぼうぜん》としていたら、その子たちはお腹の中で生きることを止めてしまったの。五か月ちょっと手前だったかしら。そこまで育ってから死んでいくなんて、あまりないことだと知って、打ちのめされた」

詩子も初恋に破れたし、軽いアヴァンチュールはあったけれど、真剣に男を愛した経験も、ましてや妊娠したこともなかった。いつも明るくコケティッシュなアンヌにそんな過去があったとは想像しにくかった。

「恋人に去られた独り身で、死産をして……絶望的な気持ちでいるときにアランと出会ったのよ。まだ若くて、話も面白くて、すてきなアランだったわ。わたしの傷心を癒すために、手厚く介護してくれたし、ちょうど夏のヴァカンスに入るときだったので、ヴェネチアから船でアドリア海を回ってギリシャのミコノスや、デルフィの遺跡にまで連れて行ってくれて、旅の最後の夜、船の中でプロポーズされたのよ」

「ひどくロマンティックだったのね。それが、どうして今のような夫婦になっちゃったの？」

「辛いわね、詳しく語るには」と大きなため息をついたアンヌは、どうしたわけか、急にからりと明るい声で言った。

「悪い女なのよ、わたしは。アランにはこころから感謝したけど、今思えば、それは恋ではなかったの。別れた人を忘れられなかったし、その上、帝王切開で摘出手術をしたときミスがあって私は子供を産めない体になったばかりか、酷い経験をしたせいか、夫婦生活が上手くいかなかった。多分に精神的なものだと思うけれど」

「それで、今のようなかたちの暮らしぶりになっちゃったの？」

「それでもはじめの二、三年はうまくいっていたの。アランは申し訳ないほどわたしを大事にしてくれた。二人ともどうしても子供が欲しくて……マテューに巡り合った時はアランもわたしも最高の幸運に恵まれたと感謝したわよ。生まれたばかりだったし、可愛くてあどけなくて、育ってゆく過程がほんとに素晴らしかった」

「本当のことを言うチャンスがないほど自然だったのね」

「三歳くらいの時、赤ちゃんはいろんな生まれ方をするというお伽噺《とぎばなし》を作って話そうと思ったのよ」

アンヌには、生まれてくるはずだった双生児が命を断たれたのは自分の体に異常があったからだという罪悪感があるにちがいない、と思って詩子は言葉を挟まなかった。

「コウノトリが連れて来てパパとママンに渡される赤ちゃんや、ママンのお腹からやってくる赤ちゃん、マテューは赤ちゃんが大勢遊んでいる花園にパパとママンが迎えに行ったのよ、っていうお伽噺」

「悪くないわね」

「ところが、アランが大反対だったの。折角、のびのびと天真爛漫《てんしんらんまん》に育っているのに、余計な話はするなって。長い口論になったけど、わたしにも確かな自信はなかったし、そのまま月日が過ぎちゃって。日曜の夜、もう子供とはいえないマテューの必死な顔を見て、震えるほど後悔したわよ」

「おしかったわね。いままで隠していたなんて、可哀想なマテュー。彼、繊細だし、敏感だし、頭いいし、あなたたちの暮らしぶりをみて、自分の存在が原因だと思ったらしい」

「そうか……ウタコには話したわけね」

「なにも言ってないわよ。でも、彼の出生に関しては話した方がいいと思う」

「話したわよ」

「え？……」

「わたしたち夫婦のあり方について説明したの。愛情も敬意もあるけれど、お互いが自由に自分らしい暮らし方をすることになっている、と言った時、離婚しないのはぼくがいるから？　と訊かれて驚いた」

「その通りなんでしょ」

「ウタコ、そう追い詰めないでよ。これでも、アランにはわたし流の愛情があるのよ。それに……ほんとうにマテューを思う気持ちは二人とも優劣をつけられないほど深いのよ」

「どんなきっかけで、十六年も隠していたことを言ったわけ？」

「隠していたんじゃない、言いそびれていたのよ。というか、つい最近までそんなことを話す必要を感じなかったのよ」

「どっちにしても、あまりにもあからさまな暮らしぶりに、年頃のマテューがなにも勘づかないなんてことあり得ないじゃないの」

きつい口調の詩子をアンヌが恨めしそうな顔で見つめた。その顔を見て、やわらかい態度に早変わりした詩子が訊いた。

「どう切り出したの？」

「切り出したのは、マテューなの」

詩子は、追い詰められたに違いないマテューの心情を思って、夫婦のあまりにも杜《ず》撰《さん》な暢気《のんき》さが腹立たしく思えた。

さまざまな後悔や、自責を浮かべた顔でアンヌがぼそりと言った。

「涙を手で乱暴にふいて、きつい眼で言ったのよ。ぼくはどっちの子？　って……」

詩子は串カツを食べたあと、「ぼくは誰の子？」といったマテューをまざまざと思い出した。

「で？　それで遂に施設のことまで話したの？　どちらの子でもないと言ってしまったの！」

「そうよ。そうするしかないほど、彼のきつい眼が知ることを求めていたのよ」

さまざまな疑惑のなかで、十六歳の少年が巡らせた想像のなかに、（どちらの子でもない）という事実だけは入っていなかったに違いない。知ってしまった現実をマテューはどう受け止めたのだろうか。

「ソファの上で、目を見開いて石像のように固まっちゃったのよ」

「可哀想に、残酷すぎるわね」

「そうなのよ」

消え入りそうなアンヌの説明によれば、しばらくの間、茫然とした表情には、なんら感情らしいものは浮かばなかったという。

「真っ青な顔で立ち上がって、わたしを抱きしめてから、黙って自分の部屋に入って、翌日、つまり月曜日は学校へも行かず、部屋にとじ籠ってしまったの」

「いまは、どうしているの？」

「二日間、部屋から出てこなかったの。わたしよりアランがひどく参ってしまって……そしたら、今朝、キッチンへ降りて来て、冷蔵庫から牛乳のビンを取りだして、いっきに全部飲みほして、サリュッといって、出て行こうとするから、何処へいくの！　と思わず訊いたのよ。ぼくが行ける所は学校しかないでしょ、って、からっと笑って出て行ったの」

二日二晩の間、思い悩んだだろう十六歳の少年の出した結論はなんだったのだろう。結論なんていうものより、胸に去来した感情の波はどんなものだったのだろう、と詩子は思った。

「セーヴルのウタコの部屋へ行こうと思ったけれど、学校帰りのマテューが寄るんじゃないかと思って、会社に来たのよ」

「アンヌ、あなたは母親のくせに、彼を理解していないのよ。マテューはわたしのところへなんか来ない。もっと強い子だと思う。思ってもいなかった事実を知って、まだまだ自分のなかで整理したいものがあるはずだわ。ガールフレンドのところへ行ったかも知れないわね」

「マチルドっていう、とても快活でいい子だけれど、意気がってガールフレンドと言ってるだけで、すごく気の合った仲好しの域を出ない友達なのよ」

「どうかな、あなたの観察眼を信じる気にはならないわ」

「意地悪ね」

その夜、マテューはマチルドを連れて帰り、部屋からはいつもと変わらない賑やかな話し声がしていたという。二人とも成績優秀で、一年早く来年には、バカロレアの国家試験を受けることになっているのだった。

＊

詩子は、澄み切った青い空に浮いていた。

鳥肌が立つほど怯えている自分をどう落ち着かせてよいのか分からなかった。飛行機を操縦するのが今のところ、いちばん心地よいストレス解消になっている、というダニエル・ブキャナンの誘いを断り切れなかった自分を、後悔しても遅かった。

空は青く、ウペット（白粉《おしろい》のパフ）と呼ばれているフランス独特の、綿のように柔らかい雲が眼の前に漂っている。

「詩子さん」

幾度目かの呼びかけにはっとした時、ウペット雲の層が滝のように激しく詩子の心臓をめがけて落ちてきた。空の中から地球の中心へ向けて落ちてゆく、しゅわーっとした音色を持つ恐怖が全身を包み、夢中で絶叫した。自分の叫び声に驚いて更に小さく叫んだ詩子の手が隣で操縦するブキャナンの手にあたたかく握られた。

「大丈夫ですよ。怖かったですか」

しばらくは、驚きと、恥ずかしさで答えることができなかった。

「……何が起こったんですか、もしかしてエアポケットに落ちたんですか？」

「いや、落としたんです」

「まさか！　エアポケットって作れるものなんですか？　どうして、どうやって？」

「ちょっとガスを抜いたんですよ」

あたたかい手に、背中をさすられても詩子はこんな目に遭うのは二度と嫌だ、と思った。

「ひどい人！　どうしてなの？　女を怖がらせる趣味がおありなの？　あなたのお誘いに不承不承乗ってしまったのに……ひどいわ」

詩子の異常なほどのリアクションにパイロットは驚いたようだった。

「年に何回もパリ・東京を往復しているあなたなのに、プロペラがダメなんですか。幾度呼びかけても聞こえないようだったし、あなたの意味不明の怯えをショック療法で治したかったんですよ。驚かせちゃって、ごめんなさい」

「いやだ！　許さない。だって意味不明じゃないのよ。わたしハワイで、十人乗りくらいの小さなプロペラ機で、風ひとつない晴天なのに、ひどいエアポケットに落ちて、そのまま海に墜落しそうになったことがあるの」その時の恐怖がよみがえり、動悸《どうき》が収まらなかった。

「ハワイで？」

「ええ、仕事でホノルルへ出張に行ったとき、現地採用の社員が、マウイ島にハレアカラという高い山があって、常夏《とこなつ》の国なのに、その山の頂上には雪があって、雪の中に、世界でそこだけに咲く大きな銀の花があるので見せたい、と言ってくれて……」

「ハワイ諸島にそんなに高い山があるとは知らなかったな。山岳地帯に入ると急に気流が変わって、飛行状態が乱れることはあるけれど」

「でも、ほんの二十分くらいの短い飛行だったのに、その間中、飛行機は揺れ続けていたの。何度も小さなエアポケットに落ちて、わたしだけじゃなく、乗客全員が泣いたり叫んだりして、ほんとに恐ろしい体験だった。今日のように穏やかに見えた晴天だったのに」

「で、銀の花はほんとうにあったんですか」

ブキャナンは巧みに話題を変えた。

「ありました。飛行場からかなり歩いて山に登ったんです。葉っぱがじかに天に向けて大きく開いていて、真ん中に一本太い茎があって、ほんとに輝くほどおおきな銀の花がありました。あまりにも美しくて、禁じられていたのに、茎を根元からナイフで切って盗みました」

「禁じられていた？」

「ええ、現地のひとに、この花は山を降りると銀色は消え失せ、茶色く萎えてしまう。決して採ってはいけない禁断の花だと言われたんです」

「ほんとうだったんですね」

「ええ、気味が悪いほど焦げ茶色に縮こまって、老婆のような姿になったの」

「悪い子だ。禁制を破った罰ですよ」

「弁護士先生。あなただって悪い子だ！　わたしほんとに怖かった」

「フランス流に『ミルフォワ・パルドン（千回ごめんなさい）』と言ってもダメ？」お茶目な目に艶があった。

「悔しいけれど……今回だけならゆるす」

「今回だけなら、ということは、また乗ってくれるということですね」

「言葉尻をうまくとって！　悪い弁護士先生だ！」

ダニエル・ブキャナンは、愉快そうに笑った。詩子の手は握ったままだった。

「許してもらったお礼に、世界一上手いキス・ランディングをして見せますよ」

「わたしの手を握ってくださっている手、お返ししましょうか？」

詩子にも、軽やかな茶目っ気が乗り移ってきた。

「大丈夫。ぼくのパイロットとしての腕は達人の域ですよ」

自信からくるのか、うっすらと浮かんだ笑みに不可思議な魅力をたたえ、詩子の手を握ったままギヤやスイッチのようなものを素早い手際で操作した。飛行機は空の青さを斜めに切っていった。

キス・ランディング……ほんとうにそれは見事な着陸だった。気が付いたら滑走路を音もなく滑っていた。


海辺のレストランで、寒さを心地よく感じながら、二人は天井と両脇はガラス窓に囲まれたテラスの席に着いていた。詩子は、ブルターニュ特有の小ぶりで潮の香りが胸いっぱいに広がる牡蠣《かき》を、一ダースぺろりとたいらげ、もう半ダースを頼んだ。

「怖がった人にしては、すごい食欲ですね。うれしいですよ」

「あらっ、ガツガツ食べてごめんなさい。わたし、ショックのあとはお腹が空くんです。それに凄く美味しいし、ここの牡蠣、日本の大きな岩牡蠣に比べると四分の一くらい小さいんですもの」

「小粒で美味しいのがここの牡蠣の特徴ですよ。ぼくは三ダースくらい平気で入っちゃうな」そう言いながらもダニエル・ブキャナンは、食べることをやめて詩子に見入っていた。

「弁護士先生も食べてください。見られているとガツガツできなくなります」

「ガツガツ食べているあなたは、見惚《みほ》れるほど素敵ですよ」

言いながら、手帳を出して何かを書き付けた。破かれて手元に差し出されたページは、ニースから帰った詩子がドアを開けたときに、絨毯に舞い降りたものと同じ紙だった。

すべてはあのわけの分からないメモから始まったのだ。レカミエの晩餐も、さっきの突然のエアポケットも、と詩子はちょっとした感慨に浸りながら書かれている四文字を怪訝な面持ちで眺めた。

(椹木海斗)、詩子は旺盛な食欲が急停止をして、じっと目の前の男を見つめた。

「さわらぎ・かいと、と読みます。父の苗字と、父と母がつけてくれたぼくの本当の名前です。ダニーも、ブキャナンも、冗談にしても弁護士先生もやめてください。あなたには海斗と呼んでほしい」

目の前の男の瞳がうっすらと潤んでいた。

「ごめんなさい。わたし、正直言ってどうお呼びしたらいいか分からなかった。アンヌとの関係がよく呑みこめなかったので」

なかった。

「アンヌは何か言っていましたか」

「なんにも。不思議なほどなんにも」

「まあ、分からなくはないな、ぼくたちは妙な巡りあわせなんです」

詩子はあらんかぎりの想像力を駆使しても、妙なといわれる巡りあわせを思いつけなかった。

「言っていいことかどうか分からないけれど……」

詩子は数秒間迷っていたが、エアポケットのお返しに、爆弾を落としてもお相子《あいこ》でいいんじゃないか、と決めた。

「マテューのことで、いろいろと話し合ったとき、彼女がアランと結婚する前に、一世一代の恋をした話をしてくれて、結婚寸前にある事情があって、その人と別れなくてはならなかった、という話」

詩子は息を止めて、じっと自分に注がれている視線を見かえした。

「その相手があなたではないかと思っていたことがありました」

言葉に出してから、そう思ったことは、はじめのうちの短い期間だけだったかもしれない。けれどぼんやりとした輪郭を携えて、それに近い疑惑が、「複雑な関係です」とつぶやかれたときに、また浮上してきたことは否めなかった。

椹木海斗と名乗った男は、心底驚いた表情で、詩子をじっと見つめて、泣き笑いのような笑みをひろげた。

「詩子さん！」

自らのアイデンティティに問題をかかえた男は、椅子から立ち上がり、テーブルを回ってきて、詩子を抱きかかえ、海風に乱れる前髪の上から、額に長いキスをした。潤んでいた瞳が光を散らして、晴れ晴れとした表情になった。

「詩子さん、それほどとんでもないイマジネーションを巡らせた、ということは、少しはぼくに関心を持ってくれていたと思っていいんですか？」

言い当てられて詩子は、曖昧にほほ笑んだ。目の前で自分を見つめている男が、あまりにも謎めいていて、自分を魅了しようとしているのか、からかっているのか分からない態度に、惹かれながらも用心していることをどう伝えるべきか、迷っていた。

「詩子さん、アンヌはぼくの姉です」

「え？」

「血の繋がらない、義理といっていいか、むしろ不義理に結ばれた三歳年上の姉なんです」

「お姉さん？　じゃあなぜ、はじめて飛行場でお会いした時、飛行機仲間の……なんて変な紹介の仕方をしたんでしょう！」

「そうか、アンヌはあなたには話していると思っていた。じゃあ、まだ拘《こだわ》っているんだ。ぼくをというよりぼくの母をまだ憎んでいるのかもしれない。詩子さん、アンヌの結婚前の姓がブキャナンだったことを知らされていないんですね」

「アンヌが……アンヌ・ブキャナン？」

詩子は、想像もしなかった話に唖然として、椹木海斗と名乗るダニエル・ブキャナンという男を、上目遣いに睨みながら、忘れていた牡蠣をたてつづけに二、三個ごくりと呑みこんだ。さっきまでの磯の香りも、滑らかだった喉越しも消え去り、異物を突っ込まれたように胃が妙な具合にぐるりと動いた。

謎が解け切らない、不安定なゆらめきを浮かべた詩子の眼を見つめて、椹木海斗は一言ひと言、区切るように言った。

「ぼくは、京都で生まれました」

詩子は、迷路に入ったような、不思議な雰囲気のなかに、はまり込んでいくように感じた。手触りのない屈折したトンネルの真ん中に立ちすくんでいるようでもあった。その詩子の困惑を解くように、しっとりとした口調で物語は語られていった。

父親は建仁寺の僧侶だった。母親の艶子《つやこ》は若いのに、親に頼らず東京で自立していた。語学に堪能でそれを生活の糧にして翻訳をしたり、フランスやアメリカからくる観光客の通訳兼ガイドもしていた。京都の神社仏閣めぐりは、そうした観光の華であるのは当然のこと。生まれも、育った家庭環境も全く違う海斗の父と母は、こうして巡り合い結ばれた。

幾つもの人格が潜んでいるように感じていた自分の推測は、あながち間違ってもいなかった、と詩子は思った。椹木海斗がなぜダニエル・ブキャナンになったのかは、本人の複雑であろう物語に耳を傾けるしかなかった。

「今思えば、ぼくの幼年時代は素晴らしかった。というよりあれが普通であるはずなんです」

詩子は寡黙な聞き手になった。ただ、馴染み切った様子でフランスに住み、英国的な名前を名乗る、有能で、少年犯罪者に異常な同情を抱く弁護士が、京都のお寺の僧侶を父に持つという生い立ちが、いかにも唐突に思えて、胸にストンとは落ちなかった。

「母は子供のぼくから見ても美しい人でした。いや、いまでも綺麗ですよ。六十を過ぎているはずですが。母とぼくの不幸はぼくが小学校に入った年に、父が人の運転する車の助手席に乗って、事故に遭ったことから始まった。運転していた人は軽傷ですんだのに、病院に運び込まれた父は助からなかった」

詩子は沈黙を続けた。とてつもないに違いない物語を聞く準備がなかなか出来そうになかった。

「お母さまは……どうなさったの」上の空でやっと出た言葉だった。

「ひどいショックを受けていました。どうなることかと子供心にも、ぼくが守ってあげなければ、と思ったほどでした」

時が経ち、もともと仏教にも、ほかのどの宗教にも関心のなかった槌木海斗の母は、夫亡きあと、未亡人として寺にかかわる気がなく、東京へ帰って本来の仕事に戻った。

亡き夫への思いを胸に秘めて、忘れ形見の海斗を大事に育てた。けれど、馴染み切った京都の町や、小学校の仲好しと別れた海斗は面喰らった。モダンな町景色の、転校先のクラスでは、話しかけてくれる東京弁は早口で、外国語のように聞こえた。

かたや、母親はそんな海斗を気遣いながらも、生き生きと仕事に打ち込んでいった。艶子という名の通り三十半ばを過ぎても、女としての蠱惑《こわく》的ともいえる不思議な魅力をたたえていた。そのことを十分知っていたはずなのに、それを武器とせずに、仲間内でも、徹底したビジネスライクのクールな態度を崩さなかった。

そんな艶子に仕事は集中し、外国人からの依頼は後を絶たなかった。当然起こる同業者からの嫉妬、誹謗《ひぼう》中傷もさらりと躱《かわ》す高度なテクニックを身に付けていた。

「理知的な、強い方だったのね」

「どうかな、少なくとも、ブキャナンという人物が現れるまでは、ぼくにとってはかけがえのない理想的な母親だった」

その男、アンディ・ブキャナンは日本と提携しているフランスの企業の御曹司で、重役として度々日本を訪れていた。趣味として、日本の文学、特に古典や、俳句、和歌に興味を持ち、かなり造詣が深かった。片言の日本語も話したが、商談には正式な通訳を必要としていた。

出会いの瞬間から、アンディ・ブキャナンは、海斗の母親に夢中になった。当時のブキャナンは妻との離婚に難航していた。理由は、二人いる子供の親権に関してだった。ブキャナンは息子にはそれほどの愛着はなかったが、娘のアンヌを溺愛《できあい》していた。詩子はアンヌがほんの少し日本語がわかるという不思議がこのときに解けた。

アンディ・ブキャナンには、情緒不安定になる傾向があり、感情が抑えきれないときに、時として軽い暴力をふるうことがあり、彼の妻はそれを強調した。その上、度々の日本行きには、女性の影があることに感づいた妻の弁護士は一挙に、さまざまな手管を駆使して離婚を成立させ、当然のことながら二人の子供の親権は母親に託された。アンヌが十二歳になったばかりの多感な時期だった。

「フランスでの離婚は、カトリックゆえでしょうか、とても大変なんだと聞きました」

「今は法律が改正され協議離婚が認められるようになったんです。でも前の法律では、離婚には弁護士の擁立が必要だった。弁護士代が払えないカップルは、それぞれが既に他の相手と暮らして、子供も生まれているのに、正式な離婚も結婚もできないという、何とも理不尽な状況に甘んじなければならなかった」

ここまで話して椹木海斗は、自らを諌めるように、笑いながら息をついた。

「ごめんなさい。つまらない法律の話なんか興味ありませんよね。職業病が出ました」

アンディ・ブキャナンというイギリス系フランス人には、少し、悪魔的ともいえなくはない魅力があったに違いない、とダニエル・ブキャナンならぬ椹木海斗は語った。度重なる求婚に母、艶子が心を動かしたときには、海斗が十一歳、アンヌが十四歳になっていた。感受性が強い年齢の二人の子供を見舞った、この重大な人生の変化は、それぞれに異なる衝撃を与えた。

父親を誰よりも慕っていたアンヌは、未知なる敵、艶子とその息子海斗を憎み、海斗は母親を奪ったブキャナンに馴染めなかった。

ブキャナンは初めのうちは、艶子の強い要請で、東京に商用で来るときのみ、生活を共にしていた。馴染み切った京都の小学校から、東京へ転校しただけでも幼い海斗には、精神的にひどい負担を課してしまった。今、新しいパートナーを得たからといって、フランスという異国へ移ることがどれほどの動揺を海斗に与えるか。せめて小学校を卒業するまでは、このまま日本を動かない、と言い張った艶子は見事だった。断固としていた。けれど、その期間は短すぎた。

いよいよコレージュ（中学）に入学する時が来てしまった。日本での卒業式は三月で、フランスの始業式や、学年の始まりは九月だった。その六か月の間にまだ思春期にも至らない海斗が受けた数えきれない違和感や、衝撃は、言葉にするには巨大すぎた。

パリという美しい街には幻惑されたが、ブキャナンの大きな屋敷は、その国土の形から六角形といわれるフランスの、北西部に突き出たブルターニュという半島のほぼ突端にあった。パリにあるアパルトマンは仕事上の足掛かりに過ぎなかった。

どちらにいても、世にいうカルチャーショックなんていう言葉には嵌《はま》りきらない居心地の悪さを感じた。特に、これからも続くだろう母を伴っての、ブキャナンの日本旅行。

「その間、ぼくは、誰と何処にいるの？」心細さに思わず涙声で訴えた海斗を抱きしめて、艶子は自分の無鉄砲だった再婚を悔いたという。

アンディ・ブキャナンにとっての計算違いは、海斗が自分に懐かないことだった。会社の関係での日本行きには、海斗を置き去りにすることを嫌った艶子が、自分は海斗とともにフランスに残り、優秀な同僚を紹介する提案をした。それはブキャナンの到底呑めないアイディアだった。思い詰めたブキャナンは、海斗を戸籍上、正式な養子として迎え入れ、ダニエル・ブキャナンと英国名に変え、思いあまった声で自分に都合のいい提案をした。

「ぼくの出身校であるロンドンの寄宿舎付き学校へ送り込むというのはどうだろう」

この件に関して、二人の間で激しい口論が続いた。

「三人とも身の置き所がないほど、困惑し、途方に暮れたに違いない」と現在の海斗が、クールな笑みさえ浮かべて言った。

「母一人なら、彼女特有の柔軟性や、語学力で新しい環境に馴染んでいけたに違いないけれど、ぼくという、思春期のとば口に立った厄介な存在があったんです」

「ひどい話……」と思わず詩子はつぶやいた。その詩子の手をくるむように握りながらダニー海斗は言った。

「いや、たった十二歳だったけれど、ぼくが決着をつけました。ロンドンに行くことを承諾したんです」

「どうして‼」

「父を失ったときからの目まぐるしい生活の変化に、子供心にも悟ったんだと思う。もう子供でいるのはやめよう。これからはたった一人で生きていこうと、母の愛さえ拒む気持ちになっていた」

やさしく包んでくれている手の上に、詩子はもう片方の手を乗せた。その手に熱い力を籠めた。詩子が初めて示した積極的な行為だった。

「それは叶えられたの？　本当にその時以来、子供をやめることは出来たの？」

「立派に出来たともいえるし、みっともなく挫折して地獄の日々を味わったともいえる……」

「言葉も通じないロンドンでの学校生活は想像する以上に大変なことだったでしょう」

「いや、経験済みだった。東京の小学校へ転校した時に、京都弁をからかわれて、やんやと囃《はや》し立てられたときにくらべれば、なんでもなかった。母に教えられていた片言の英語はかえってクラスの人気者にさえしてくれた」

「よかった！」

「よくないことは、ぼくに勝手に英国名前をつけた、戸籍上の義父との仲が、険悪になったことです。ぼくの地獄はそのことからはじまった。でも折角こうしてあなたと二人きりでいるのだから、ぼくの辿った運命の話は今夜はここまでにします。いま、ぼくはあのニコラのように、温かさがほしい。詩子さん、あなたのやさしい温かさにくるまって眠りたい」

その夜、二人は、ただひしとお互いのぬくもりに蹲《うずくま》るようにして朝を迎えた。一線を越えない海斗のストイックなかたくなさには、積年の人間不信があるように詩子は思った。

それをわたしがほどいてゆく、と人知れずに思った。

翌朝、遅い朝食を摂りに、前夜のレストランに行った。テーブルを挟んで、差し向かいの席で牡蠣を食べた昨夜と違って、二人はこの朝、海に向かって、肩を寄せ合いながら横並びに座り、分厚いコートを着ているのに詩子は手袋をしていない手を、海斗のコートのポケットで温めていた。

「サン・マロはまだブルターニュのとば口なのね。もっと寒いかと思っていたわ」

負け惜しみじみた台詞《せりふ》に海斗が笑いながら肩を抱き寄せた。

「冷たい手をして震えてるくせに。今の季節、テラスで朝のコーヒーを飲めるなんて特別だな、今日はあなたにぜひフィニステールを見せたかったんだけれど……諦めますよ。車で行くには遠すぎる。プロペラ恐怖症は痛いほどわかりましたよ」

「ああ、フィニステール、わたし勝手に『地の果て』と訳しているんだけど、行ってみたいところだわ。写真で見ると、細長い半島みたいな処から、飛び石を投げたみたいに、ポツンポツンと小さな浮島みたいなのが海に消えているところでしょう？　この世の果てみたいな心細さと、夕方の太陽が斜めに煌めいていた写真が、とても美しかったし、幻想的だったわ。いつか連れて行ってほしい」

「ぼくのいちばん好きなブルターニュですよ」

「切ないほど寂しいところに思えるけれど……」

海斗の眼が遠くなり、怖いほどの険しさがほんの一瞬影を結んだ。

それをかき消すように、ポケットで温まっている詩子の手を取り出して、両手で大事そうに広げながらしみじみと呟いた。

「いい手だな」

「え？」

「この手は意思と力を持っている。白魚のようにほっそりとした、たおやかさじゃないな。強いて言えば、ロダンの『合掌《がっしょう》』の手だ。ロダンの彫刻が孕《はら》んでいる命がある」

『地の果て』からいきなりロダンにとんだ海斗の心の変化に戸惑いながら詩子は、自分でもあきれるほどリアルな言葉を返した。

「ただの労働者の手よ。きれいではないわ」

「きれいなんて言っていない。美しい手なんだよ。この手はどんな労働をするの？」

急に親し気でざっくばらんな言葉になったことに詩子は胸が熱くなるほど動揺したし、うれしかった。

「いまは宣伝部の仕事に回されているけれど……本職は、あなたのお好みじゃないかもしれないけれど、顔を創るのよ。筆や刷毛《はけ》や、ペンで、色を混ぜ合わせて平凡な顔に活を与えるの。与えるなんて、傲慢かしら、つまり生まれついた顔と相談しながらメタモルフォーズさせるの。美しさと、輝きみたいなものを加えてゆくの」

「つまり、メーク・アーティスト？　立派な芸術だと思うよ。でも、あなたには、その生まれっぱなしの素敵な顔に芸術を施さないでほしいな」

「紺屋《こうや》の白袴《しろばかま》っていうことば知ってる？　わたしはいつも生まれっぱなしよ、顔もこころも」

「だからぼくはあなたに憧れるんだ。ぼくは生まれっぱなしでは生きていけない人生を歩いてしまった」

何をどう話しても傷ついてしまいそうな、ほっそりとはしているが頑強そうにも見える男を詩子は思わず抱きしめた。

その詩子のからめた腕をほどき、胸からはがして、男はしみじみとこころの底を覗くように見つめた。

「おかげでぼくはひどく強い男になった。冷徹だとさえ言われることがある」

「誰から？」

「女たちから……」

「え？」

詩子は一瞬、たじろいでから、すぐに態勢をたてなおした。伊達《だて》に年は取っていないよ、と内心気合をいれてお茶目な声で訊いた。

「女たちはたくさんいたの？　恋はいっぱいしたの？」

「恋は今初めてしている。あなたに」

訝《いぶか》し気に見ている詩子を、静かに引き寄せて、冷気に凍えた唇をそっと詩子の唇に重ねた。海風が吹きすぎたようなあえかなキス、それが詩子の胸に熱いものを滾《たぎ》らせた。

二人は、五日間続く連休のおかげでサン・マロのホテルに来ていた。

『地の果て』をあきらめたから、ここで勇名を馳せた『コルセール』という海賊団のヒーローの銅像を見せようかな。興味ある？」

「ない」

「素っ気ないな」

「赤いスカーフを巻いて、外国船がやってくると襲い掛かって、略奪の限りを尽くした、国王公認の海賊団のことでしょう？　そんな中世の冒険談より、わたしがいま知りたいのはあなたのこと。あなたの物語を全部話して下さらないかしら。折に触れて断片的に知るのは辛いの。見当違いなイマジネーションをひろげて傷つきたくないの」

海斗の顔に切なさが溢れた。

「せっかくのヴァカンスを台無しにするのが惜しい……。いちばん知りたいのは何？益体《やくたい》もないぼくのアヴァンチュールのことじゃないでしょ」

「わたし、凄くやきもち焼きだから、ほんとうに益体もないものだったら聞かないほうがいい」とあやふやな声を出しながら、改めて女の視線で海斗という男を眺めてみた。

さわやかだった第一印象から、刑務所からの帰りの取りつく島もない硬い表情で自分を無視した弁護士の顔。上機嫌で過ごしたレカミエでの食事のあと、あっけなく身をひるがえしてネオンが散らばる夜の中に消えていった男。さまざまに異なる印象の中にアンヌが色濃く存在していて、惹かれながらも、その気持ちに逆らっていた自分。

それらの思いを排除して、しみじみと見つめる目の前の男は、女が捨ててはおかないだろう、危うい魅力に満ちていた。

海斗が詩子の手をとり、自分の前髪の中に潜らせた。

「指を這《は》わせてみて」という声を聴くまでもなく、そこにはごつごつとした長い傷痕に違いない縫い目があった。

「これが、はじめてアンヌに会ったときの記念の傷」

海斗の表情に、傷を剥《む》き出しにしよう、という覚悟のようなものが窺《うかが》われた。覚悟は冷えたほほ笑みのなかに刻まれていた。

「親権が奪われても、法律は引き離された片親に会う機会をちゃんと認めている。週に一度とか、月に一度とか、それは元夫婦の間で決めてもいいことになっている。アンヌの母親はごく普通の、いや、むしろ心のきれいないい女性なんだと僕には思えた。

ただ、別れた夫に強い未練を持っていたんだと思う。そのアンディに懐かないぼくと、そのぼくを持て余して英国の寄宿舎に追いやったことを知って、たぶん溜飲《りゅういん》が下がったんじゃないかな。ぼくは初めての夏休みに、母に会いたくて義父の屋敷に帰省することを許されたんだ」

「帰省するのに許可がいるの？　学校の？」

「義父であるアンディ・ブキャナンの許可を請わなくてはならなかった」

「なにそれ！」

「寄宿生はみんな自分の家に帰って、寄宿舎は空っぽになるんですよ。よっぽどぼくを嫌ったのか、ぼくが手に負えない存在だったともいえる。その自覚はあったんだ。で、彼は学校と特約を交わしていたらしい。やっと許可が下りて母に会えることになった。その話を聞いたアンヌの母親が、アンディを案じてか、ぼくを憐《あわ》れに思ったのか、アンヌを気前よく十日間もよこしてくれた。ぼくと仲良くしてあげなさい、といったとか」

「それぞれに複雑でしょうね、気分のありかたが」

「久しぶりの母の姿がうれしくて涙が出そうなのを必死で堪《こら》えたな。ぼくが十三歳、アンヌが十六歳の夏のことだった。年にしては小柄で華奢で、ぼくはなるべく眼を合わせないようにしていた。ところが、今のアンヌの性格は顕著に現れていた。お転婆でこまっしゃくれていて、積極的に近所の子供たちを集めたり。ある日三人ずつくらいに分かれて、庭でバレーボールの真似ごとをしていた。アンディも上機嫌でネットまで作ってくれた。なんとなく作り事っぽい親しさが、次第に本物に近づいてきたそのとき、事件は起こってしまった」

「事件？」

「いや、たいしたことではなかったんだ。ぼくが力いっぱいスパイクしたボールが、受け損なったアンヌの頭にあたってしまった。

倒れたアンヌが打ち所が悪かったのか、でも利かん気をだして、立ち上がったのに、またふらっと倒れてしまった」

駆け寄った父親のアンディは、「大丈夫、大丈夫」と言うアンヌがたいしたことはなかったと分かったのに、急に蒼ざめた顔で海斗を睨みつけ、咄嗟《とつさ》に庭椅子を振りかざして海斗の頭へ振り下ろした。

「ええっ……信じられない。ときどき情緒不安定になるって、そんな恐ろしいことまでするの！　打ちどころが悪かったら、どうなっていたの！」

「いやな話でしょう、これはあの時に居合わせた人たちもたじたじとなったほど嫌な出来事だったな。アンディはその夜涙ながらに母に詫びたそうだけれど」

「ごめんなさい。それほどのことがあったなんて、もういい。もう聞かない」

物語とはまるで関係のない男であるかのように海斗は爽やかな笑みを浮かべた。

「もう二十年以上昔のことですよ。どうせなら全部話したい。折に触れて尋常ではなかった過去の欠片が、見え隠れするのはいやでしょう」

「いやな話、まだたくさんあるの？」

「それは盛沢山《もりだくさん》」と言って海斗は笑った。

「でも、いやな話が産んだいい結果も知ってもらいたい」

「はい、拝聴します」

悲愴な話を想定して詩子は少しおどけて言った。

「ぼくは二度とあの屋敷には行かないと思ったし、彼も帰省許可を出さなかった。学費だけはきちんと送ってきたけれど、ポケットマネーを送ってくれたのは母だった。その年のクリスマスから新年にかけてのヴァカンスは何十年ぶりという異常気象だった。ただでさえ寒いロンドンの北のはずれにあった誰もいない寄宿舎の部屋の窓の内側に、つららが下がった」

「部屋の中につらら？」

「そう、ぼく一人しかいない大きな寄宿舎は、暖房を止められていた。あの冬がぼくを変えたんだと思う。寒さに凍えながら、寝ても覚めても京都で過ごした幼年時代が懐かしくて、父の建仁寺の隣にあった小さな『光保育園』でのやわらかくて、あたたかい時間が時空を超えて思い出されてたまらなかった。父と一緒に入ったお風呂の湯気が恋しかった」

「寄宿舎のお風呂もお湯は止められていたの？」

「寄宿舎の管理人夫婦がぼく一人のためにお湯は止めないでおいてくれた。でも、ヨーロッパの人ってすごくぬるい湯にしか入らないのを知っているでしょ？　日向《ひなた》湯みたいなぬるいお湯がバスタブの三十センチぐらいで止まっちゃうんだよ。食事はその管理人夫婦が暖炉のある部屋に呼んで食べさせてくれていた。いい人たちだったけれど、施しを受けているようで、情けなかった。無性に母に会いたくなった。まだ十三歳の少年ですよ」

「で、どうしたの」

「家出ならぬ、寄宿舎出をしたんですよ」

海斗はいつも過分に送ってくれる母からのポケットマネーで、フランスまでの切符を買い、オルリー空港に着いたところで母に電話を入れた。屋敷のある町に行くのが嫌だったので、何処に行くにも都合のいいブルターニュの中心、レンヌ駅で待っていてほしかった。

「あいにく電話を取ったのが義父で、無断で寄宿舎を出てきたことに怒りが爆発したらしい。僕は空港から、レンヌ行き高速列車の出るモンパルナス駅に行くのでさえ、英語交じりのおぼつかないフランス語で尋ねまわって大変だった」

「お母さまは、駅に待っていてくださったの？」

「待っていたのは、警察だった」

「どうして!!」

「アンディ・ブキャナンは、校則を破って勝手に寄宿舎を出てきたぼくを許せず、駅から一歩も出さずに、すぐに寄宿舎へ送り返せと警察に連絡したんだ。母にも告げずに」

「なんてひどい人なの！　お母さまはなぜそんな人と再婚なさったの！　ひどいわ」

「いや、人間って複雑な生き物なんだ。ぼくのために何度か別居したけれど、今も一緒にいるということは、ぼくには見えなかったきっと素晴らしいものを持っている人に違いない。普段は物静かで、ぼくにやさしいときもあった。ぼくたちは不幸にして徹底的に相性が悪かったんだと思う」

「で、駅からそのままロンドンへ送り返されたの？」

「いや、留置所へ放り込まれた」

あまりのことに詩子は声も出なかった。

「ぼくが無茶苦茶に暴れてしまったんだ。取り押さえようとした警官や物見高く集まってきた人たちに渾身の力をだして殴りかかってしまった。なぜか、自分でも信じられないほどのバカ力が出た。

僕に付いて回る運命とやらに、怒りが爆発してしまった。結果、公務執行妨害の容疑で八日間の留置所行きになった」

「留置所に八日間も！」

「五日目に事情を知らされた母が飛んで来て、どう話をつけたのか、ぼくは釈放されて、母と二人でレンヌのホテルに泊まった」

海斗の母艶子は、ネゴシエーションの天才だった。

怒りが高まると別人のようになるアンディ・ブキャナンが、海斗を手のつけようのない悪童と思い込み、少年院かその類《たぐい》の施設に入れようとしたことは、後になって知った。ここまで聞いて、詩子は、海斗がなぜ、ニコラという少年や、あらぬ運命に翻弄されている若者たちにこころを痛めるのか、ひいては、弁護士という身分になって彼らを救援したいと努めているかが分かった。

レンヌのホテルで、艶子は疲れ果てて死んだように眠っている海斗を見つめながら、一睡もせず来し方を考え、まだあどけなさの残る顔で熟睡している息子を昼近くまで待ち、やさしく、揺り起こした。

「そしてパリへ行ったんだ。母はてきぱきと部屋を借り、転校手続きをとって、ぼくをまず、フランス語とフランス文化を教える学校にいれて、屋敷には帰らなかった」

「当然でしょう。離婚しようとなさったのね」

「いや、これもずっと後で知ったことだけれど、義父は怒りの発作が治まったあと、身も世もなく母に詫《わ》びを入れてきたそうだ。週末に帰ることを条件にぼくがパリ生活に慣れるまで、別居生活を承諾したらしい。パリでの生活費も送ってきたらしいけれど、母は翻訳や、そのころ増えた日本人にフランス語を教えたりして、自活の道を開いたんだ」

「日本に帰る選択肢があったでしょうに……」

「愛していたんじゃないかな。母は頭もいいし、語学も達者だったし、知性もあり、生活力は女にしては驚くほどあった。でも、日本の古典や歴史の教養は貧弱だったし、興味もなかったと思うのに、彼の影響で『古今集』や『万葉集』まで読みだしたんだ」

「肝心のあなたはどうなったの、よくお母さまに付いていけたわね」

「まるで、ジェットコースターで振りまわされるような、環境の変化だったからね。したたかにぐれて手のつけられないはみ出し者になるか、逆に、反抗心と自立心が相乗効果になって、我武者羅《がむしゃら》に勉強に打ち込むか……ぼくは後者だった」

詩子は言うべき言葉が見つからなかった。母親の艶子という人と、義父であるアンディ・ブキャナンに対する憤りと、理解不可能な行動に翻弄されていた海斗に対する苛立ちを隠す術《すべ》がない困惑が顔に出た。

目の前にいる、ダニエル・ブキャナンを名乗らせられた楫木海斗は、苛酷な過去をどう処理できているのか、いないのか、海風に吹かれて涼やかな顔をしていた。

「どうしてもっと荒ぶらなかったの！　なぜ日本へ帰らなかったの」

うっすらとしたほほ笑みを浮かべて海斗は思いもかけないことを言った。

「詩子さん、ぼくは母が大好きだった。そして、あなたは母の艶子に似ている」

「どこが！　わたしはあなたの艶子お母さまのような母親には絶対になれないし、なりたくない！　『母の愛さえ拒む気持ちになった』って、十二歳のあなたが、たった一

人でロンドンの学校へ行くのを決意した時の心境を、ついきのう聞いたばかりなのに
「拒む心の裏には、絶大なる希求があったに違いないんだ。母はたいした母親であり、たいした女なんだと今は思っている」

「愛する一人息子の頭に庭椅子を打ち下ろして、もしかしたら死んでしまったかもしれないのに。その恐ろしい下手人を愛し続けるなんて、どこがたいした母親なの？」

「ぼくの話し方が悪かったかもしれない。レジュメの仕方がぼくに同情が傾くようにかいつまんでしまったかもしれない」

海斗はじっと詩子を見つめた。

「庭椅子で殴られて、前頭部から物凄い血が噴き出したとき、もちろん倒れたけれど、まだ痛みを感じなかった数秒間か、一分だったのか、ぼくはひどく平静だった。冷ややかに人たちの慌てふためくさまを見ていた。義父やアンヌ、近所の大人たちがぼくに駆け寄ろうとしていた。なかでも自分がしでかした結果に青くなって、ぼくを助け起こそうとした義父の前に、母は両手を広げて立ちはだかったんだ。そして静かだけど凄い迫力で言い切ったんだ。『寄らないでください。この子はわたしの息子の海斗です。触らないでください。わたしが助けます。アンディ！　慌てていないで早く病院に連絡して救急車を呼んでください。わたしが連れていきます。誰も来ないでくださ い』と言った。ぼくは母に抱きかかえられたとき意識が遠のいて、気が付いた時には、病院のベッドに寝ていた。母がしっかりと手を握り締めていてくれた」

母の再婚ゆえに、多難を極めた少年時代を送った海斗が、なおも母を愛する気持ちが少し分かった。

艶子は背は高いほうで、ほっそりとして姿がいい女性だったが、いざというときには、心にも体にも不思議な底力がわいてくるようだ、と言って海斗は微笑んだ。

「そのお母さまに、わたしなんか及びもつかないわ。わたしなんか腰抜けのげじげじよ」

海斗は声を立てて笑った。

「君は覚えていないかもしれないけれど」と、海斗は急にあなたから君、という親しみを深めたフランス語ならば、チュトワイエ言葉に変えた。

「レカミエでの初めての食事の時、多分わざと遅れてきた君は、ぼくを睥睨《へいげい》するように、大股でテーブルを縫うようにして近づいてきた。

椅子に座ろうともせず立ったままこう言った。《お車がないので、お待ちするのかと思いました。長いことお待ちするのはやめようという思いで参りました》参ったなあ、あのときの君には」

「よく覚えているわ。あなたが何者か、あまりにも謎めいていて、からかわれているのか、軽いお遊びなのか分からなかったんですもの」

「あの時の君は、ぼくに駆け寄ろうとした人たちの前に両手を広げて立ちはだかった母に似ていた。太刀《たち》打《う》ちできないような強い意志を感じて、たじたじとなった」

「でも、わたしを送ってくれながら、素っ気なく夜の中へ消えて行ってしまったじゃないの」

「怖かったんだ。詩子さん、君に埋没していく自分が分かっていた。飛行場で初めて会った時から分かっていた。振り捨てられるのが怖かった」

その夜、二人は初めて肌を合わせた。薄日の差す大海原にゆったりと浮いているような、限りなくしずかな幸せを感じた。海斗にしっかりと握られた手から、体の細胞のすみずみにまで、ぬくもりが忍び込んでくるような安らぎだった。海斗の眼は潤んでいた。

＊

時が流れた。

秋冬物のコレクションが終わった春先、恒例の報告会で詩子は忙しいときを過ごしていた。この年も、フランスやイタリーの傾向が主流をなしている中で、ひところのアグレッシヴなモードは少し影を潜め、化粧もそれにつれて変わってくる。西洋人と東洋人の肌の違いにあわせた化粧下地や、口紅やシャドウの色物を、次に来る春夏物の秋のコレクションに先駆けてそのトレンドについて予測する。楽しさもあるが、アンテナを張り巡らせ、イマジネーションをどう広げるかで勝負が決まる。ミラノや東京からも商品開発部の人たちが集まってのセミナーは、例年パリで行われている。その責任者である詩子は緊張の日々が続いていた。

その日も仕事が終わったのは夜もだいぶん更けていた。

ニコラという少年の冤罪を晴らすため、奔走している海斗へ頻繁に電話を掛けることは避けていた。けれど、特徴のある彼の低い静かな声が無性に聴きたいと思っているときに電話が鳴った。

「ウタコ、明日の夜会いに行っていい？」しばらく会っていないマテューからだった。声変わりがして少し大人びていた。

「マテュー！　ずいぶんご無沙汰だったわね、心配してたのよ。今、会社が忙しくて料理出来ないから、二人でレストランに行こう」

マテュー自身が、施設からもらわれた子である事実を知ってから、詩子はあえて連絡を取っていなかった。聡明なマテューが自分の中でさまざまに思いを巡らせているに違いないときに、声をかける無神経さは持ち合わせていなかった。

「ううん、夕飯が終わって、遅くなってから行くよ。ぼくも今、とても忙しいんだ」

「ふーん、なぜそんなに忙しいの？」

「明日、話すよ。楽しみにしててね、チャオ、ウタコ。ア・ドゥマ・ソワール！（明日の夜に）」と明るい声で電話は切れた。

ブラヴォー・マテュー！　と小さく呟いて詩子はなぜか心が和んだ。繊細ではあるけれど、芯が強く、いつも前向きなマテューが真相を知って自暴自棄になることはない、と確信していた。

次の夜現れたマテューは一段と大人びた顔に、ちょっとした照れ笑いを自分でもどう隠そうかと、戸惑った仕草で、小さな包みを差し出した。

「なあに？　まさか、これ、わたしに？」

マドレーヌにある有名な高級食料品店の包み紙を見て詩子は驚いた。

「ぼくの初めての小さなプレゼント。ミル・メルシー（千のありがとう）を込めて！」

それは、詩子もめったには買えない専門店の極上のキャビアの小瓶とスモークド・サモンだった。胸が波立ってきた。

「マテュー、どうしたの！　こんなに高いプレゼント、お小遣いをはたいたの？」

「お小遣いじゃないよ、ぼく、アルバイト始めたんだ」

「まさか！　もうじきバカロレアの国家試験があるのに、よくそんな時間が取れるのね。パパやママンには内緒なの？」

「内緒じゃないよ。はじめは猛反対されたけれど、分かってくれた。

ぼくいろいろ考えて、働きたくなったんだ。勉強だって手を抜いたりしてないよ。パパが手伝ってくれたりしてさ、このあいだの全国学力コンクールで五位以内に入ったんだ」と一気に言ってから、ちょっと横を向いて声を落とした。

「時間がなくて、ラグビーをやめたのは、ちょっと辛かったけれど……」

詩子は胸が詰まって、涙が込み上げてきた。

抱きしめるにしては、自分より首一つ以上背が伸びたマテューは、受けたショックを、彼なりに消化して、与えられた人生に、見事な決意でこたえを出したのだ、と思って、堪えていた涙が頬を伝った。

「ありがと、マテュー。とてもうれしいよ。大好物のキャビアとスモークド・サモン、でも一人で食べるのはちょっと寂しいよ、時間が出来たとき一緒に食べよう」

「ダニーと二人で食べてもらいたいんだ」

マテューはまたちょっと照れながら、大人っぽいからかいの口調で言った。

「あらっ！」

「聞いたよ。エアポケットを起こしてウタコに怒られたって」

「まさか、そんなことマテューに話したの」

詩子は裏切りに遭ったように、ちょっとしたショックを受けた。

胸を張ったマテューが、自慢げに言った。

「男同士の話さ」

「大人ぶって、ませたこと言うなよ」

吹き出しながら言った詩子の誤解を解くように、マテューが慌てて付け加えた。

「あのエアポケット、ぼくがよくせがんでやってもらうんだ。スリルがあっていいじゃない。でも当分ダニーは操縦出来ないことになっちゃった」

「どうして」

「この前の週末、ウタコが忙しくてサン・マロに行けなかったでしょ。彼もぼくも忙しかったけど、どうしても空を飛びたかった。で、早朝に発って、日帰りをしたんだ。その時、ノルマンディの原っぱに牛の群れがのんびり草を食べていて、もっと近くで見たくなってさ、ダニーに頼んで超低空飛行をしてもらったんだ。悪いことしちゃった」

「どうしたの」

「警察だか軍だかのレーダーから消えるほど低く飛んじゃって、彼、操縦の六か月免停を食っちゃったんだ」

「よかった!」

「それでも、ダニーの恋人かよ」

と言ってマテューは詩子の膝のあたりを持って、思いっきり高く抱き上げた。

「やめてよ、天井に頭がぶつかるよ」と詩子は悲鳴をあげた。

詩子の頬にとめどなく涙が流れた。産みの親を知るすべもない養子だったという事実を知って、見事に立ち直った十六歳の少年のしなやかな強さがうれしかった。

海斗恋しさとマテューへの愛おしさがごちゃごちゃになって、笑いながら、流れる涙を拭おうとしなかった。

＊

「粘り勝ちをした！」

受話器から疲れを含んだ明るい声が弾けたのはそれから間もないことだった。久し振りに聞いた海斗の声に詩子は良い類のニュースをかぎ取った。

「ニコラを事件に巻き込み、切羽詰まって罪をなすりつけた工員が、遂に白状してくれたんだ。ニコラの冤罪が晴れたんだ！　ほぼ日参して口説いた甲斐があった！」

「凄い！　おめでとうございます。脱獄を妄想したほどのニコラ救出が一番いい形で達成されたのね。よかった！　信じられないわ、その工員よくぞ本当のことを言う勇気が出たのね。あなたの並みではない腕前かな」

「と言ってもいいかな。少年だったぼくは、人生がぼくに用意した悪道を、たたらを踏みながらもずり落ちなかった。けれど、反対の道にずれ込んだ少年たちの気持ちはよくわかる。十三歳のときに放り込まれた五日間の留置所暮らしは、したたかな力になってぼくの人生に横たわっているんだ」

「その工員もそんな少年時代を過ごしたの？」

「子供時代に親から虐待を受けていたんだ。この件でぼくに残された使命は、彼の減刑を何とかかち取ることと、ニコラには、彼が望んでいる懐かしい施設に彼を返すことだ」

「え？　施設に戻すの？」

「そう、指導員の助手として就職させることはほぼ内定したんだ」

「よかった！　海斗さん、お祝いをしましょうよ。マテューがあなたと二人で食べてほしいってキャビアとスモークド・サモンを持ってきてくれたのよ」

「え？」海斗の息をのむような様子が感じられた。

その夜、ゴージャスなマテューからのプレゼントを持って、詩子は事務所兼自宅にしている海斗のアパルトマンへいった。

パリでいちばん美しいといわれている、モンソー公園が見渡せるクルセル大通りの三階にある部屋には、テーブルに蠟燭《ろうそく》が灯《とも》っていた。男の独り住まいにしては、簡素ではあったが調度品や食器などが、あまりにも、品よく趣味よく洒落《しゃれ》ていた。便利ではあるけれど、学生街に近い、詩子の住む雑多な地区とは格のちがう、高級感のある落ち着いた住まいだった。

はじめてこの住まいを訪れた詩子は、一瞬戸惑って立ちすくんでしまった。その様子をすぐに感じ取った海斗が笑った。

「この家もインテリアもみんな母が整えてくれたんだ」

「なーんだ。わたし、やきもち焼きだから、この雰囲気、ただごとじゃないと思って、胸がドクンとしちゃった」

詩子は、甘えた声を出した。

「うれしいよ、やきもち焼きで、甘えっ子の詩子さんはとても好きだよ」

この日、ニコラの冤罪を晴らせたことで、ひどくリラックスしていた海斗がマテューからのプレゼントの包みを開いて、感極まった顔をした。

「凄いでしょう？　こんな高いもの、吃驚しちゃった。アルバイトをしているんですって」

「うん、マテューの奴、粋なことをするんだなあ」

「でも、アルバイトぐらいで、こんな高級品買えないでしょう？」

「はじめてもらった報酬を全部はたいたんじゃないかな。彼の働きたい気持ちを知って、かなり割のいいアルバイトをぼくが世話した」

「え？　あなたとマテューって、そんな仲だったの？　はじめてあなたのことを訊いた時、ぼくに英語を教えてくれている、なんて割とよそよそしい説明だったのに、その後、あなたの飛行機によく乗るってアンヌから聞いたし、サン・マロからあの電話をかけてこなかったら、わたしたちこうして会うこともなかったんだし、謎めいていたわ」

海斗は詩子をじっと見つめながら笑った。

「謎を探すのが好きな詩子さん、せっかくのマテューのこころ尽くしを食べてから説明するよ」

キャビアもサモンもとろけるようなおいしさだった。味わいながらも、それぞれに異なるマテューへの思いを熱く語った。

食後酒ナポレオン・アルマニャックの深い色を見つめながら、サロンのソファに深々と身を沈めた海斗が語った物語に、詩子は今まで心に浮かんでは消えた不思議な思いがこころよく溶けていくのを感じた。

今から、十年ほど前の、パリ郊外の飛行場でのことだった。弁護士仲間の二人を乗せた飛行機を着陸させて、うららかな春の日差しを浴びて食事をしているテーブルへ、五、六歳くらいの少年がやってきて眼を輝かせながら海斗を見つめた。恥かしそうに、でもぐっと息を大きく吸って、テーブルをつかみながら言った。

「あのー、ムッシュー……」

三人の大人に見つめられて、少し口ごもりながら早口で言った。

「今の、ランディングとてもきれいでした。ぼくのママンがあれがキス・ランディングというのよって教えてくれました」

それだけ言うと、ぽっと頬を染めて、離れた席にいたママンという女性のところに走っていった。

「まさか！　それがマテューで、ママンがアンヌだったわけ？」

「人生には思いもかけない偶然があるんだと思って吃驚した」

「じゃあ、あの恐ろしい事件以来、アンヌとは会っていなかったの」

「まったくの音信不通だった。遠目にもぼくはすぐにアンヌだと分かったけれど、向こうはぼくだとすぐには気づかなかったんだ。なにしろ頭から血を流した十三歳の少年の気絶した姿が、酷い印象で残っていただけだったから」

詩子が呆然とした声を出した。

「あるんだ、そんなことって……その時すでにアンヌは教官のライセンスを取っていたの？」

「いや、そこまでは行っていなかった。不思議だと思った。血の繋がりもない、むしろ親しくしたくはない二人が、同じように飛行機に夢中になっていたなんて」

「そして、マテューがあなたに懐いてしまったのね」

「それはアンヌにとってはほろ苦い思いだったと思う。マテューがぼくに懐いてくるのもはじめのうちは嫌だったんだろうな」

事情を知らないに違いないマテューは、会うたびに海斗にまとわりついていた。そんなある日、アンヌが思いあぐねたように言ったのだった。

「ダニエル、お時間のある時に、マテューに英語を教えてくれないかしら」

「英語なら君のほうが半分自国語なのに」

「親はダメなのよ。外部の先生にきちんと時間を区切って教えてもらったほうがいいわ」

硬い顔で言ったアンヌの気持ちが胸に響いた、と海斗が説明した。

「外部とか、時間を区切って、と言い出したアンヌに複雑な感情の混ざりあいを感じた」

「壁を作りたかったのね」

詩子はアンヌの気持ちが分からなくはなかった。夫のアランを心底愛せないことにも、別れた初恋の人の面影を抱き続けていることにも、アンヌらしい一途さがあるのだった。

「でも、はじめてあなたを紹介された時には、そんなわだかまりは感じられなかったわ」

「もう十年以上経っているんだよ。彼女、頑固なところはあっても、サバサバと気持ちのいい性分だし、いまはとてもいい友人関係なんだ。肝心なこと、大事なことを言わないのは、父親のアンディ・ブキャナンに似ていると思っている」

海斗の手でぬくもっている黄金色のアルマニャックを見つめながら、マテューのことは何処まで知っているんだろう、と、グラス越しに海斗の表情をうかがった。

「まだ謎解きしたいことがあるの?」海斗が笑った。

「マテューのことは、知っていたの?」

海斗は瞬間茫然として詩子を見つめた。

「知らなかった。施設からもらわれてきたなんて想像もしなかった。吃驚した」

「いつ知ったの」

「マテューが、思い詰めた顔で会いに来て、働きたいと言ったとき。吃驚して問い詰めたら、思い悩んだあとだったんだろう。冷静に淡々と話してくれた」

「驚いたでしょう」

「そんな気配は、微塵《みじん》も感じなかったし、あまり驚いて、ぼくとアンヌとの関係も明かされているのかと思ったけれど、それはぼくから伝えるべきことでもないし、ブキャナンという名前からしてアンヌが話していることだろうと思って黙っていた」

いずれにしても、それはマテューには関係のないことだし、事実を知ったとしても、両親や海斗に対する深い思いにいささかの傷をつけるものではないと詩子は思った。

ただ、勉強が大事な時に、アルバイトをし過ぎるのは危険ではないか、と不安に思った胸の裡《うち》を読み取ったように、海斗が言った。

「あの年頃の少年には、いざというときに思いもかけないほどの力が湧いてくるものなんだ。ぼくが母と二人で、慣れないパリ住まいと、フランス語に挑戦したのは十三歳の時だよ。義父と別居までして支えてくれた母のお蔭もあるけれど、ぼくも勉強と同時にあらゆるアルバイトをした。母の心配をよそにそうすることがより一層の力になって返ってきた」

「あなたたちは、天性強い意志に恵まれていたのよ。生まれつき虚弱な人間だっているわ」

「だからぼくは弁護士になった」

海斗はかなり強い眼で詩子を見つめた。

「ぼくは、年中無料で、不運な子供時代を過ごして犯罪に巻き込まれた子たちの面倒ばかりを見ているわけではないんだ。複数の会社の顧問弁護士にもなっている。法律には触れないけれど、危なっかしい手管を使って大儲けをしている企業なんかには法外なほどの報酬を請求してもいる。結構したたかな人間なんだ」

「よかった」と言ってはみたが、詩子を見つめながらやや冷たく浮かんだほほ笑みに、今までは想像もしなかった、悪の華が咲いているような、不思議な煌めきを感じた。

そんな海斗は魅力的ではあったが、自分の一途な思いを隔てる距離のようなものも感じた。

*

事務所の部屋にいる詩子に東京本社から電話が掛かった。胸がつぶれそうなその内容にショックを受けているときに、ノックをする者がいた。現地雇用の男性社員が体が入る分だけ細く開けたドアからさっと入って、後ろにいるらしい人物の眼を遮るように詩子にささやいた。

「太田会長の御子息の友人を名乗る塚田というリポーターが、渚さんに面会したいと言っているんですが、どうしましょう」

渡された名刺を見て、森の中の刑務所や、海斗との二度目の出会いがまざまざと思い出された。あの日がなかったら、海斗とのその後もなかったはずだった。ニコラという少年と刑務所の中で肩を寄せ合っている日本人がいることは聞いたが、その後のいきさつを詩子は聞いていなかった。

「一度会ったことあるけれど、わたしに何の用か訊いてみてくださる？」

「訊きました。ファッション関係でもないらしいし、なんだか一癖ありそうに思えたので」

「わたしに訊くことなんかないと思うけど」

「弁護士さんのことらしいです」

「なぜ、彼が頼んだ弁護士さんのことを、わたしが話さなきゃならないの」

本社からの電話で、尋常ではなく胸が波立っているせいか、つい声が大きくなった。

軽くノックされたドアから、満面に笑みを浮かべた塚田がぺこりと頭を下げながら入ってきた。

いつかの土曜日にいきなり詩子を訪ねてきたときよりも、ねっとりとした強引さを感じた。

「あ、ご案内するまで待ってください」

よほど相手が気に入らないのか、普段はおとなしい男性社員がむっとした声を出した。

太田会長といっても若い現地雇用の社員は知らないし、塚田保というリポーターは確かに胡散臭《うさんくさ》さをばらまいていた。

「お久しぶりです。あの時お世話になりながら、お礼状も差し上げずに失礼をしておりました」

塚田保は、男性社員を全く無視して、詩子に深々と頭を下げた。

憮然《ぶぜん》としている社員に（いいわ）という目配せをして、彼がドアを閉めてから、極めて儀礼的に椅子に手を差し伸べた。

「どうぞ」

塚田は体を斜めに滑らしながら座り、

「いつも突然で恐縮です」

と言った。

「この前の突然は、仕方がなかったと思いますけれど、事務所の電話はご存知でしたよね」

「お掛けしたんですが、話し中で……」

「嘘でしょう」笑いながらも、詩子は冗談か、まともに相手を責めているのかわからない表情で続けた。

「話し中だったのは、たった今、十五分ぐらいのことです。あなたはもうこのビルの近くにいらしたんではないですか」

詩子は、東京本社からの連絡でひどく動揺していたし、塚田の男性社員に対する無礼な態度にも苛々《いらいら》した。

「実は、あのときご紹介いただいた弁護士さんには、たいへんお世話になりました」

「別に紹介したわけではありません。あなたがご自分で、訪ねていらしたと聞きました」

「で、事件は思いもかけず、良い結果に終わりました」

「事件？　あの時のあなたから、そうは伺いませんでした」

「あ、ブキャナン先生とは、お知り合いのようでしたが、事件のことはご存じない？」

「弁護士が、依頼人の事情を漏らすなんてご法度じゃないんですか」

「あー」

と言って塚田は、次の策をどう講じようと表情が混乱を極めてきた。その間の抜けた様子に人の好さも出ていた。詩子に少し余裕のようなものが出てきた。わたしこそ私情を絡めて、対応が冷たすぎたかも知れない……とちょっとした反省心にかられ、声のトーンをさげ、やわらかく訊いてみた。

「どんな事件だったんですか」

その質問に塚田は眼をうるうるさせながら飛びついてきた。

「まったく！　有名人とか、経済界のお偉方なんて人たちは傲慢なくせに、いざとなるとだらしがないほどバカになっちゃうんですよ。つまり、ある名のある人物のドラ息子が甘やかされ放題で、世界中をブラブラ遊びまわっていたんですよ。そして、パリの空港で、麻薬所持で捕まったんです」

「それは厳しいわね」

「ところが、彼は無実なんですよ。呑気に旅行鞄《かばん》の口を開けたまま肩に担いで、イミグレーションを通ろうとしたときに、捕まった」

よくある手だと詩子は思った。フランスの若い女性が、何年か前に麻薬常習犯は死刑になるという国で、運び屋にイミグレーションを通る前に腕にかけていたコートのポケットに麻薬の入った小さな包みを入れられた。荷物検査をあわよく通過できれば、空港を出たところで巧みに奪還するという方法は、よく使われる手だった。

何も気が付かずに悪事の片棒を担がされた女性は、猛烈に抗議したが、聞き入れられず、酷い判決を受けて投獄された。国ぐるみでの大騒動の末、当然ながら彼女は釈放され、帰仏できたことは当時のフランスでは周知のことだった。

ところがドラ息子と塚田が呼ぶその二十歳にもなる若者は、時々、マリファナを吸っていたことを知っていた父親が、息子が本当に危険な麻薬に手を出したと勘違いをして、フランスの当局に嘆願書を出してしまった。その内容が逆に当局の疑惑を深め、投獄され、塚田はその父親に頼まれて、様子を見に来たとのことだった。

「あの時、ブキャナン先生にお会いできたことは本当に幸運でした。あの方は、少年犯罪には詳しく、ドラ息子の鞄にブツを入れた運び屋の常習犯をすぐかぎつけて、ようやくその件に関しては無実を認められたんですが、父親の嘆願書が災いして、尿検査とかなんやらで、かなり長いことあの刑務所に入っていました」

「それは、ドラ息子じゃなくて、ドラ親父《おやじ》でしょう」

と言って詩子は笑った。それを聞いて、塚田がぽんと大きく手を打った。

「まったく同じことをブキャナン先生が言ったんですよ。ぼくは心の中で快哉《かいさい》を叫びましたよ」

「え？　誰に言ったんですか」

「そのドラ親父にですよ」

「気持ちがいい！　でも、じゃあ、そのドラ親父もパリまで来たんですか」

「そうです。可愛い息子のために、たいした謝礼金を持って。普通、ブキャナン先生は、少年犯罪にはボランティアで報酬は受け取らないと聞いていたんですが、その時は、あきれ果てたのか、分厚い包みに目もくれず、こう言ったんですよ。『これをいただくためには、条件があります』ってね。こっちとしては、とてつもない高額を言い出されるんじゃないかと思いますよね」

「どんな条件だったんですか」詩子の胸がチリッと痛んだ。

「吃驚しましたよ。『あなたは大変なお金持ちらしい。お気持ち次第ですが、出来るだけのものを、ある親のいない少年少女の面倒を見ている施設に寄付してください。それが叶《かな》えられたら、これをいただくことにしましょう』ってね。腰が抜けるほど驚きましたよ。報酬を受け取るのに、つけた条件がすごいじゃないですか。カッコ良すぎて泣けちゃいますよね」

詩子は大きく息をした。ぼくはしたたかな人間なんだ、と言った海斗の蠟燭に揺れる姿を思い浮かべ、彼との別れはどんなものになるのだろうと切なくなった。

詩子の事情などかいもく知らない塚田は、そこで、ねちっとした嘆願の表情を浮かべた。

「わたしもリポーターで喰ってる人間なので、会社の手前も二度までフランスへ出張して、何も書かないでは通らない立場にいるんです」

次に何がくるか、詩子は先手を打った。

「ところが出張費や、経費はたぶんその父親が出している。その上普通なら早期釈放は難しい事件なのに、ブキャナン弁護士のおかげで、それが叶った。喜んだ父親はあなたにも相当のお礼をしたはずです」

塚田は察しのよい詩子に舌を巻いたのか、媚《こ》びるような眼をした。

「渚さん、凄い。お察しの通りですよ。お礼をもらっちゃって、記事が書けなくなったんですよ」

「書けばいいじゃない、相手を匿名《とくめい》で」

「そうはいかない。この事件かなり漏れちゃっているんですよ。でね、考えた末、ブキャナン先生のことを『美談』として書いたほうが受けるんじゃないかと……」

「ちょっと待って」詩子は最後まで言わせずに遮った。

「リポーターって、あなたの対象はなに？　新聞？　雑誌？　テレビというのもあるし」

「そのすべてです」

胡散臭げな詩子の表情を見て、塚田は本音を言い出した。

「ダニエル・ブキャナンを名乗る、本当は日本人である弁護士先生のことをちょっと調べさせてもらったんです。いろいろと複雑な事情がおありのようで、受けますよ、こういう話は」

「わたしから何を聞き出したいんですか」

詩子は凛《りん》とした面持ちで冷ややかな声を出した。

「ですから、どうして、日本名を捨てたのかとか……」

「それを第三者に訊いて、受け狙いのあやふやな記事を書くんですか。いやですね。本人に訊けばいいじゃないですか」

「もちろん伺いましたよ。ピシャッとはねつけられました。『美談？　そんなものを書いてもらうために、ぼくはあの青年を救ったんじゃない。美談なんてどこにもない。それより、あの青年をどう育てたか、父親に遅すぎる反省でもするように言ってください』と冷たくいわれましてね。ドアまで送られて、にっこり笑って音を立ててドアを閉められてしまいました」

詩子は、思わず笑い出してしまった。清々しい海斗の対応と、その海斗やマテュー、アンヌとほんとうに別れて、東京本社に異動が決められた自分は、これからどうするのだろうと、笑いの中に涙が混ざった。

塚田は涙まで浮かべて笑っている詩子を、怪訝そうに見ながらすごすごと帰っていった。

その夜、一晩中悪夢を見続けた詩子は、翌日、クルセルの海斗の部屋に行った。

「なにがあったの？」

尋常ではない詩子の様子に海斗はすぐに気づいた。

詩子は、青い空を切って降下したプロペラ機のなかにいたときの自分を思い出した。怯えの後に来た、身を任せきった安堵のようなある種の諦観。今のわたしはあの時に似ている。どう言い出したらいいだろう、と迷う心を裏切って、言葉が噴き出してしまった。

「いつか、あなたが脱獄という妄想に取りつかれていた時、わたし、成功するはずないし、弁護士としての資格も剝奪されるでしょう、と言ったの、覚えているかしら？」

「覚えているよ」

「そのとき、あなたが覚悟のうえだ、と答えたのも？」

海斗はじっと詩子を見つめた。

「なにがあったの、ぼくにその覚悟の時が来た、と言いたいことでも起こったの」

詩子ははっとした。

「そんな、わたしそれほど……」

「それほど、なに？」

海斗の悠然とした佇《たたず》まいと、静かで鋭い質問調の声に、詩子は自分の無鉄砲な夢想を知って恥ずかしいと思った。これはわたしの仕事上の場所移動に過ぎない。今までに何度もあった異動。今までと違うのは東京本社への召還なのだ。だからといって、数奇な運命をひたすら自分で切り開いてきた海斗に、自分が東京詰めになったことぐらいで、パリでの弁護士事務所をやめるか、出来れば同時に、東京へも事務所を開設してほしいなどと、とんでもないことを、わたしは一晩中夢見ていた！　詩子は自分の身勝手な浅慮にあきれてただうつむいた。

「東京本社から連絡があったんですね？」

ぼーっと寝不足の顔をあげた詩子に海斗の静かな声が続けた。

「パリを去る時がきたんだね。何をしょげているの、人生は長いんだよ。ぼくたちはまだ若い。パリから去ることが、ぼくとの別れになるなんて一瞬でも考えたの？　ぼくの詩子像を壊さないでほしい」

「でも、今のように逢えなくなる……」

「今までだって毎日逢っていなかったでしょう。お互い気に入った仕事をして逢える時に逢う。毎日共に暮らすという例えば結婚なんていうかたちがぼくは正直言って大嫌いだ。大事なものが、ルーティン化することで褪《あ》せてゆく」

詩子は、蒼《あお》ざめた顔で海斗に近寄り、胸に顔を埋《うず》めて海斗をゆすぶった。

「ひどいよ。そんなお説教聞かせないでよ。本社からの命令を受けて、ちょっと、取り乱しているだけなのよ。秋にはまたコレクションで来るし、度々来るとは思うけれど、あなたと違う国に住むのが辛いのよ。ひどいよ、みっともないわたしの取り乱しに、すこしは調子を合わせてよ」

「ぼくは調子を合わせることをしないいんだよ」と言って海斗は詩子をくるむように抱きしめた。

「取り乱した君も、甘えん坊の君も大好きだよ。はじめはただ憧れていた君に恋をして、おまけに本物の愛が分け入ってきた。詩子さん、君を愛しているんだ。ただ今は、この愛に埋没したくはない」

初めて聴いた、愛という言葉の入ったフレーズだった。

「東京にも、ロンドンにも将来的には事務所を持ちたいと思っているよ。いいスタッフも物色中だ」

「なぜそれを先に言ってくれなかったんだ！」

詩子は海斗の腕のなかでばたばたと海斗の胸を打ちながら暴れた。

駄々っ子のような仕草の中で「ただ今は、この愛に埋没したくはない」と付け加えられた一言が胸に刺さった。

＊

アラン・ラフォン邸は賑わっていた。その賑わいはアンヴァリッドを奥に控える広大なエスプラナード（広場）にさえ、漏れるほどだった。アパルトマンの最上階にある三方を囲むテラスに人が溢れ、「おめでとう！」「おめでとう！」の祝福の声と、シャンパン・グラスの触れ合う音。祝福と別離への哀惜が籠ったこのホームパーティは、マテューのたっての希望で、両親であるアランとアンヌ、海斗、詩子に見守られながら、ラフォン邸のテラスに囲まれた大広間で催された。マテューの学友や、ラグビー部の親友マチルド、海斗の弁護士仲間や、詩子のパリのスタッフまで招いてくれた。

まだ初夏というには早く、晩春というには遅すぎる、季節が定まりにくいパリの宵だった。アラン・ラフォンの政治仲間もくつろいだ様子で、ざっくばらんに、雑多な客たちに小咄《こばなし》などを披露していた。

マテューが最高点でバカロレアの国家試験に通り、望んでいた大学への進学が叶ったことへのお祝いパーティにしては、少し大袈裟すぎるこの催しは、アンヌとマテューの詩子に捧げる「暫《しば》しの別れ」への心尽くしなのだった。

それぞれの仲間に囲まれて寄り添っている海斗と詩子の間に入ってアンヌが詩子の肩を抱いた。

「ウタコ、この前の日曜日に、マテューとアランが私の飛行機に二人そろって乗ってくれたの」

それを知っていたに違いない海斗がいい笑顔で詩子を見た。

「え？　初めてのことなの？」

「アランは初めてなのよ。飛行場にも来てくれなかったのに！」

アンヌは涙ぐんでいた。

「普通のパパとママンになったんだ！　そうなのね」

うなずきながら詩子の胸に顔を埋めるアンヌを海斗が静かに見つめていた。

「このクリスマスには親子三人で、スキーに行くことも決まったの」

アンヌの顔がくしゃくしゃになった。

その時、階下にある玄関のベルが鳴ったようだった。暫くして執事がほかの使用人と運び込んだのは、殻をすでに外してある大量の牡蠣だった。集まった人たちが歓声を上げた。

「牡蠣？　シーズンは終わっているのに、いったい誰から？」

アラン・ラフォンが驚いた声を上げた。海斗の表情が不思議にゆらめいた。送り主を察して動揺していた。

「お手紙を預かりました」執事が差し出した二通の封筒にはマテューへと、海斗への宛書があった。

マテューがさっそく読み上げた。

愛しいマテュー。おめでとう！　知っての通り、ブルターニュでは、一年中牡蠣が食べられます。みんなで、新鮮なうちに楽しんでほしい。超スピードで届けました。

祖父より

アンヌが叫んだ。

「誰が運んできたの？」

「ムッシュー・ブキャナンご自身です」

執事が慌てて言い添えた。

「お通ししようとしたんですが、『届けたいだけだから』とおっしゃって……」

「お一人だったのか？」とアラン・ラフォンが玄関へ走ろうとするのを執事が止めた。

「車はもう走り去りました。お連れがありました」

その連れが、母の艶子であることを海斗は知っていた。

「みなさん、マテューの祖父からの産地直送の牡蠣です。さあ、どうぞ、味わってください」

アランの呼びかけで、来客が賑々しく牡蠣に群がったのを見定めてから、海斗は詩子の腕を取ってそっと抜け出し、数分前、母の艶子が居た、今は無人の玄関へ降りて行った。

「今日のパーティのことや、君がサン・マロの牡蠣を美味しいと言ったことを母に電話で話したんだ」

「お母さま、あなたの顔も見ないで……」

「それがぼくの母なんだ」

アンディ・ブキャナンもアンヌに会いたかったにちがいない。

玄関を照らすほの灯りの中で佇む二人を追うようにアンヌとマテューが駆け寄ってきた。

「パパったら、入ってくれればいいのに！」とアンヌが呟いた。

「ダニー、あなたへのメッセージもあったんじゃなかった？」

追い打ちをかけるように言ったアンヌをマテューが制した。

「ママン！　一人で読みたいものかも知れないじゃない」

「おっ、大人になったんだなあ」と海斗が言った。

「十七歳だよ。秋から大学生だよ」とマテューはジャケットの端をピンとはじいて、得意そうなポーズをとった。濡れたように光った瞳が眩しいほどきらきらと輝《かがや》いた。

そのマテューを見つめるアンヌも、しあわせに満ちていた。

荷物をすでに東京へ発送した詩子は、パリでの最後の三日間を海斗の部屋で過ごした。それは、しびれるようにしあわせな時間だった。

その始まりは、牡蠣とともに届けられたアンディ・ブキャナンから海斗への手紙だった。

十三歳の海斗の頭に固い庭椅子を振り下ろしたり、自分の勝手な思い込みや怒りから、留置所にぶち込んだ義父の、幾歳月を経た今の、悔恨と謝罪に満ちた文面だった。海斗はただ呆然とした。こんな内容だとは思いもしなかったがあの場で読むことには躊躇《ためら》いがあった。手紙の中身を知る由もないマテューが、せっかちなアンヌを制して、

「一人で読みたいものかも知れないじゃない」

と、助け舟をだしてくれたのだった。海斗は、十七歳の機転に、並みではない洞察力を感じた。


海斗。


とその手紙ははじまっていた。いかにも外国人らしいおぼつかない筆跡で、漢字を懸命に書いていた。

貴方とのせっかくの巡り合いを、私の性格上の欠点から、だいなしなことにしてしまいました。貴方は私によって大事な母親を奪われ、不幸な境遇を生きました。たい

へん強く生きました。見事なことだと称賛します。

古代中国の人が言いました。

身体髪膚《はっぷ》、これを父母に受く。あえて毀傷せざるは孝の始めなり。

それなのに、私は自分の都合から、貴方が父母から享けた大事な名前まで毀傷してしまいました。

許されざる事です。私にできるせめてものことは、戸籍上の英国名、ダニエル・ブキャナンを消し、貴方が父母から享けた椹木《さわらぎ》海斗を復活させることです。長い年月を経た今、それがどれほどの意味をもつのかわかりません。私にできる些細な詫びと思ってくれればさいわいです。

アンディ・ブキャナン

たどたどしい日本語の筆跡のあとに、闊達《かったつ》なフランス語の注釈があった。

書いたのは私ですが、もちろん、貴方の母であり、私の大事な妻、艶子が手伝ってくれました。

この手紙について、海斗と詩子はさまざまに思いを巡らせた。

「わざとのように、端的でぶっきらぼうな日本語は、あなたのお母さまの狙いかしら。

哀しみさえ感じるわ」

「母には確かに、対象に応じてスタイルを変える文才はある。ぼくが知りたいのは義父がいつからこんな風に思い始めたのか、母よりかなり年上だからもう七十を過ぎたのかな。癇癪《かんしゃく》の病気が年とともに消えていったのかも知れない」

辛かった青少年期を思い起こしたのか海斗の表情は、深い翳りに閉ざされていた。

「発作が衰えて、すこし呆けた初老を迎えているのかな、今更、名前を返されても……。詩子さん、デラシネというフランス語を、ふつう根無し草と訳すでしょう。祖国を捨て、根っこを持たない浮浪人のような生き方をする人の総称みたいな意味を持つでしょう。ぼくは違う意味をつけたい。名前はつまりその人間の根、なんだ。それをひっこ抜かれても、ぼくの根っこはみずみずしく生きていた。いろんな国へ移植されて、その都度一生懸命、根を張り直して来た。けれどあまりにも度重なって、ぼくの根っこは、ブキャナンでも椹木でもなくなった。名無しの根っこは、凍えて強くなったんだ」

「許せないの？　まだ恨んでるの？」

海斗は笑った。

「許すとか、恨むとかそんなレヴェルじゃないんだ。生まれたままの、素直でひ弱だったかも知れないぼくを、強靭《きょうじん》で、あるときは冷酷にさえなれる人間に仕立ててくれた恩人だとさえ思っている。大風や雷が暴れまくる荒野にほっぽり出される人は世界にもたくさんいる。ぼくは幸いその環境に負けなかった」

「お母さまがいらしたわね」

「そう、母はしたたかな女性だよ」

積年の辛苦を課した人物からの詫び状で、海斗はいつになく饒舌《じょうぜつ》だったし、あからさまだった。

「返事は書くの？」

暫くの間、海斗は考え込んでいた。

「書かないほうがいい」

「どうして？」

「病気から解放された老人を、納得させ、満足させる手紙なんて、B級のメロドラマになるのが落ちだ。書かないほうが親切だ」

そんな海斗には冷静すぎる怖さがあった。そして、瞳がいっとき的を外し視野が拡散した。こんな風になったことが前にもあった。いつのことだったかしら、と詩子は思った。

手紙がもたらした異様な状況に、海斗にはかえって始末の悪い感情がうまれ、それをもてあましている気がして、あまり上等でない発言だと思いながら詩子が言った。

「せっかく取り戻したんだから、東京にいつの日にか作る事務所を槌木事務所にすればいいんだわ」

その詩子を、海斗がいとおし気に眺めた。

「生まれっぱなしのあなたは、すてきに鈍感で単純なんだね」

「やだっ！　マテューにも言われた。一晩に二回も！」

拗《す》ねた詩子を海斗は抱きしめた。

「君には、自分でも気づいていない長所や、可能性がいっぱい詰まっているんだよ」

「どこにそんなものがあるの？」

「この頭と、心の中に」

海斗は詩子の頭を両手で挟みながら言った。

それは、詩子がパリを去らなければならない最後の時間帯だった。

愛し合いながら、黒い夜が剝がれ、空が藍《あい》色から、あかね色の朝焼けに染まっていくのを二人は夢心地で眺めた。

窓から見えるモンソー公園の樹木が朝の光で揺れている。明るい緑が揺れている。

*

東京での日々は目まぐるしいほど忙しかった。パリでの働きを認められてのポジション替えなのか、その反対なのか、渉外関係に移された詩子は、唖然とした。化粧品開発に携わり、時代のモードに合わせて、モデルを変身させることが得意だったわたしが、渉外？　ひどい侮辱のように感じたり、逆に、この会社がパリ進出を決めたときのアイディア・マンだった功績を認められて、事業開発の方面に期待されているのかな、と思ったり、詩子は軽いノイローゼに落ちていった。そんな詩子を『むらさき』と名付けられた香水のために、グラースへお供したことのあった花井先輩が食事に誘ってくれた。

「考えすぎ！」詩子の悩みを聞いて花井が笑った。

「あなたには沢山の可能性があるのよ。一日ご一緒しただけでわかったわ」

「可能性って？」

最後の夜に海斗が言った言葉を思い出しながら訊いた。

「例えば、パブリシティの才能。勘もいいし、美人だし、魅力的なのよ。それにあっさりと率直だしね」

「えっ？」

「せっかくの南仏での休暇を、わたしお役に立ちそうもありませんから、なーんてあっさりと感じよく帰っちゃったでしょ。吃驚したし感心もしたわよ」

さては花井さんの進言での、異動だったのかしら、と勝手な憶測に半分納得しながらも、仇《あだ》になって返ってきた親切を恨めしく思った。

「会社というものは人材を適材適所に配置して、フルに活用するべきなのよ。一時は香水というか、化粧品すべてのフレグランスに夢中になっていたわたしが、今は社内にある美容学校の校長なのよ」

「あらっ、おめでとうございます、と言っていいんでしょうか。前のお仕事に未練はありません？」

「そりゃあ、あるわね。でも今の仕事もすべてを含んでいるから面白いし、やりがいがあるわ」

　というわけで、この秋のパリ・コレに詩子は参加できないことがほぼ確認できた。アンヌとマテューの、心尽くしの「暫しの別れ」パーティは、肝心の暫しが消えてしまうんだろうか、と心が乱れた。

　詩子の傷心の報告にアンヌから電話があった。

「すぐに会えると思っていたのに……。ダニーはショックでしょうね」

「今を生きることに心を傾けなさい、と言われた。冷たく感じるほどあっさりと」

「冷たいんじゃないわよ。彼はとても熱い人よ。マテューと同じ人種だわ。ひたすら前を向いて物事をポジティヴにしか考えないのよ」

「マテューの学校はどうなの」

「頑張ってる。宇宙飛行士になりたいんですって。宇宙の果ての向こう側に何があるかとか、ビッグバンがどうだとか、夢中よ。その上学費は自分で稼ぎたいって、時々、ダニーの調べ物まで手伝っているわ」

「アンヌ、すてきな子に育てたわよ。それに、パーティで、久し振りに会ったアランをすっかり見直したわ」

「マテューが気づかせてくれたのよ。わたし、凄い回り道をしちゃったけれど、本当は彼を愛していることに気づいたのよ。群がっていた女たちも雲散霧消《うんさんむしょう》したわ」

「長い回り道だったわね。でも、よかった！」

アンヌの幸せを心からよろこんだ詩子も、新しい職務に次第にのめりこんでいった。

「あなたは、すてきに鈍感で、単純なんだね」

と言われて拗ねた詩子を抱きしめながら、「君には、自分でも気付いていない長所や、可能性がいっぱい詰まっているんだよ」とも言った海斗の言葉を信じて、今を夢中で生きた。

その年はあっという間に過ぎ、暮れにアンヌから便りがあった。


家族三人でのスキーは、残念、三月の春休みに持ち越されました。クリスマスにアフリカの何処かの国の大統領が来ることになって、アランがパリに釘付けです。マテューはその間、アルバイトで稼ぐとむしろ喜んでいます。春のスキーには格別の滑り方があって今から楽しみです。

海斗の手紙もほぼ同時に着いた。

あなたのいないクリスマスが寂しく、思い切って、母と義父をパリに招待しました。ぼくなりの親孝行をするつもりです。

詩子は声を上げるほど驚いた。

義父のアンディ・ブキャナンの詫び状に、質の悪いメロドラマになるような返事は書かない、と冷たく言った海斗が胸につかえていた。時は人を変え、愛や、憎しみのかたちにも移ろいがあるんだと思い、切ない安らぎに身をゆだねた。

その春休みが近づき詩子は春先のパリ・コレに参加したいと会社に申し出て、社内会議を経て許可された。

パリの事情に慣れた詩子を送ることには、会社にもメリットがあるのだった。久し振りのパリ行きに、浮きたち、早速、アンヌと海斗に報《しら》せた。

待っている！　今度こそ、君のいう『地の果て』のフィニステールに行こう！

海斗からはすぐに返信が来た。

三月半ば過ぎだったら、春スキーに行っています。十年ぶりにアランと一緒にスキーが楽しめるなんて、ちょっと照れたり、うれしがったりしています。ウタコも都合をつけてダニーと一緒に来られないかしら。山スキーの楽しさを味わってほしい。

アンヌはしあわせが滲《にじ》んだ便りをくれた。

スキーなんて贅沢な楽しみを持つ余裕のなかった詩子には、何が春スキーなのか、山スキーとどう違うのかも分からなかった。けれど、両親と三人でのヴァカンスをどんなにか喜んでいるだろうマテューを思って胸にあたたかいものが込み上げてきた。


時の流れは速かった。

詩子のパリ行きには、もちろん様々な仕事が託されていた。

出発が近づいて、それらの打ち合わせをしている最中に、電話が鳴った。会議や打ち合わせの時に入る電話は、交換手が差し止めることになっている。緊急な連絡なのだろう、と思っているときに、受話器を取った社員が詩子に向いて頷いた。

「どこから？」

「フランスから、椹木さんという方が、緊急な用事らしいです」

残業時間には入っていたが、海斗らしくないと思って、胸騒ぎがした。翌日は土曜日だったのでそれまでも待てないことかしら、とちらっと思った。

「詩子さん……うたこ……」といった海斗の声が聞き取れないほど掠《かす》れていた。

「どうしたんですか？　何があったんですか」

社員たちの手前、努めて冷静な声で訊いた。

「アンヌが……アンヌとアランが……雪崩《なだれ》に巻き込まれた」

「えっ！」詩子は瞬間、何が起こったのか理解できなかった。

「それで？　それで？　どうしたんですか？」

何を言っているのか自分でも分からなかった。

「助からなかった……」

「えっ、そんなこと……あるはずない！　何のことを言ってるの？　あなた、何を言ってるの」

詩子の体が凍りついたように硬直した。

「まだ現場にいる。あとで家へ電話する。遅くてもいい？」

「はい」と虚《うつ》ろな声を出して、詩子は倒れるように椅子に座った。

現場という言葉が、急にリアリティをもって胸に事の次第を流し込んだ。詩子の状態から、打ち合わせなど続けられないことは明白だった。

若い男性社員に送られて、家に帰りつくと、親切な同僚にお礼を言ってから、転ぶように電話に駆け寄った。掛かってくるのを待ってなどいられなかった。けれど、現場がどこなのか、何処へかけたら通じるのか分からず、焦っているときに向こうから掛かってきた。

「海斗さん、さっきは取り乱して……なんのことかよく把握できなかった」

「ぼくも取り乱している」

「助からなかったってどういうこと？　死んでしまったということ？　二人はもういないということ？」

「二人はもういないんだ」

何か訳のわからないことを叫び、詩子は体から、生気が抜けていくように感じた。二人とも何も言えない時間が過ぎた。それが何秒だったのか、何分だったのか、詩子が堰《せき》を切ったように訊いた。

「マテューは？」

「生きている。この日、彼は山スキーのツアーに参加しなかったんだ。死人のように真っ青な顔で、ひとこともしゃべらずに、辛うじて生きている」

詩子の眼から涙が噴き出した。

「よかった！　よかった」と繰り返してまた沈黙が続いた。

「山スキーってなんのこと？　ふつうのスキーとどこが違うの」

詩子が突然、狂ったように訊問調の声をあげた。

「日の出から、日の入りまで、丸一日、ゲレンデではない雪山を滑ったり、登ったりするかなりきついスポーツらしい。もちろん山をよく知っている指導員が引率することは条件に入っている。マテューは前の日に参加して、この日は勉強と、ぼくが頼んだ調べ物をするために出発間際に断って、部屋にいたんだ」

「よかった！　でも、それじゃあ、よけいにひどいショックでしょうね」

辛うじて生きているという、マテューの蒼い顔が詩子の脳裏にゆらめいた。

「凄まじいショックだと思う。見ているのが辛い」

「雪崩が起こったのはいつだったの？」

「フランス時間で、昨日の午後二時過ぎだったそうだ。今年は暖冬だった。雪崩を予測できなかったのか、というテレビのコメントを聞いて、まさか、と思っているときにマテューから知らせが来た」

「助かった人もいたの？」

「いたんだ！　それなのになぜあの二人が……ぼくはもちろん、アンヌの母親も、アンディ・ブキャナンも現場へ飛んで来て、必死で二人の無事を祈っていた。捜索隊が夜を徹して救助活動をしてくれた。君に電話をしたときに、遺体として発見されたんだ」

電話をいつどんな風に切ったのかも覚えていなかった。

「十七歳だよ、秋から大学生だよ」と得意そうにポーズを作ったマテューのきらきらと輝く瞳を、惚れ惚れと見つめていたアンヌ。

そのアンヌが死んだ！

＊

パリ・コレにいつもの情熱で対応するのは難しかった。

海斗と話し合って、詩子は久しぶりのパリを会社が決めたホテルで過ごすことにした。

「口も利かないし、拒食症になったようにろくに食べることもしないマテューがぼくの提案をやっと受けて家にきている。君と三人になったら、彼の喪失感がよけいに膨らむだろう」

海斗はこんなときにも冷静だった。そしてそれは正しいことに違いないと詩子も思った。アンヌはもういない！　もう会うこともできない！　お茶目でコケティッシュで人生の節目節目にはお互いに助け合ったアンヌ！　十何年という年月をかけて、やっと普通のパパとママンになれたアランもアンヌももういない。マテューを思うとやりきれない切なさが、胸の奥で捩《よじ》れた。底なしに寂しいパリになった。

そんな詩子の心情に関係なく、コレクションが華やかに幕を閉じ、恒例の分析や、来シーズンへの予測会議も終わり、日本へ帰る日が近づいてきたときに心待ちにしていた海斗からやっと連絡があった。

「今夜、来てくれる？　マテューが話したいことがあって、ウタコにも聞いてほしいと言っている」

「わかったわ。伺います」素っ気なく答えて電話を切った。

海斗のアイディアは正しいには違いないが、一晩ぐらい、どこかのレストランで二人きりの時間を作ってくれてもよかったのではないかと思っていた。

わたしにたいする思いが、この事件の悲惨さで壊れてしまったのかも知れないと、さびしさに胸が塞がれていた。

その意識があって、クルセルのプライヴェートのドアを避け、弁護士事務所のほうのベルを鳴らした。

走ってくる足音が聞こえ、ドアを開けてくれたのはマテューだった。詩子は声も出ずに息をのんだ。ホームパーティの時の、生き生きと煌めいていた十七歳のマテューはそこにいなかった。

やせ細って、憔悴《しょうすい》しきった亡霊のような姿で、マテューは、けれどしっかりと両足を開いて立っていた。

「ウタコ！　うれしいよ。会いに来てくれて。とてもとても会いたかった！」

骨ばった腕で詩子を抱きしめた。見違えるほどやつれたマテューの腕の中で堪えようとしても滂沱《ぼうだ》として涙が溢れだしした。

「泣かないでよ。ウタコの泣き虫！」

それでも詩子はぼろぼろと流れてくる涙を抑えることが出来なかった。マテューの背中の後ろから、海斗の眼が嘆願をこめて詩子を見つめた。

事件のことは話さないで、という願いを受け止め、涙まじりに嫣然《えんぜん》というほどの笑顔を作った。

「マテュー！　ダメじゃないか、こんなに痩せちゃあ！」

「うん、今夜はいっぱい食べるよ。ぼくがトルティーヤを作ったんだ。でも、オードブルには、カイトがウタコの好きなスモークド・サモンやキャビアを買ってきてくれたよ」

マテューがダニーではなく、カイトと呼んだことに、また涙が溢れた。この瞬間を海斗は作っていたんだ。それには時間がかかったんだ、と納得して、自分の疑心暗鬼を恥じた。また涙が湧き出した。

「ほんとに泣き虫ウタコだな」と言って、海斗が詩子を抱きしめた。

「ぼくだって、会いたかった、とてもとても会いたかった」

マテューの言葉をリピートした海斗のやさしさが身に沁《し》みた。

考えてみれば、三人で食卓を囲むのは、これが初めてのことだった。三人三様の深い思いが宙に浮いて、ぎごちなく、食事はギクシャクと始まった。けれど、マテューにしてみれば、そこには孤児になった自分を心から愛してくれる二人だけがいた。拒食症に落ちていたマテューが、信じられないほどがつがつと食べだした。

その姿を見て、海斗の眼が潤んできた。スモークド・サモンを一口食べたマテューが、わーっと両手を上げて叫んだ。

「シュペール！　超おいしい！」

「マテューが、はじめてのアルバイトでぼくたちにプレゼントをしてくれた、あの同じ店で買ったんだよ」

「うん、やっぱり、あの店凄い。おいしい！」

たぶん、意識しての叫びだったのだろう。マテューの元気な声が、面映《おもは》ゆい緊張で始まった食卓の奇妙な硬さを吹き飛ばした。

よほど飢えていたに違いないマテューは、詩子がまた涙ぐむほどよく食べた。

マテューが作ったという、スペイン風のトルティーヤも悪くなかった。ふつうはじゃがいもと玉ねぎを炒めて、オムレツに巻き込むのだが、まるで、ラタトゥイユのように色んな野菜が入っていた。

「マテューが、料理できるなんて！　どうやって覚えたの」

「うちのキッチンで、コックが作るのを見ていた」と、思わず言ってしまった。その、(うちのキッチン)で、まざまざと思い浮かんだに違いない、戻らぬ日々の姿を払いのけるように、マテューが急に改まって、二人を見つめた。

「ぼくの決心を聞いてください。そして、反対しないでください」

この瞬間のためにわたしは呼ばれたんだ、と詩子の瞳の中に茫漠とした恐れが走った。

「あと少しでぼくは十八歳になります。大学を辞めて、はじめは、軍隊に志願兵として入ろうと思ったけれど、戦争に行くのは嫌だから国際ボランティア団体に志願しました。もう決めました」

愕然《がくぜん》とした二人とマテューの間に、氷のようなしじまが流れた。「いつ決めたの?」海斗がしゃがれた声を出した。

「あの雪山から下りて、家へ帰った。パパとママンが居ないのに、パパもママンもどこにでも現れた。いたたまれなかった。もうぼくには帰る家がないと思ったとき、考え始めた」

「ここではだめなの? ぼくはとっても嬉しいんだけれど。血は繋がっていないけれど、ぼくは君の叔父さんだよ」

海斗が必死な声になった。

「なにを言ってるの! ぼくが来てからカイトろくに仕事もできないじゃないか」

「今は特別なときだよ。言わば、過渡期だ。マテューに食欲も出てきたし」

「決めたから食欲が出てきたんだ。分かってよ。暫くの間パリをはなれたいんだよ」

「暫くの間って……どのくらい」詩子がはじめて口を挟んだ。

「わからない。何を見てもパパやママンの姿がうかぶんだ。せっかく仲のいい夫婦になってくれたのに、離れ離れで雪の中で凍えていた……」

マテューの眼がはじめて濡れてきた。

「一生、忘れることは出来ないけれど……、今は、ひどく辛い」

沈痛な時が流れた。

「軍隊よりはいいと思うけれど、何処へ派遣されるか分からないじゃないの」

思ってもいなかったマテューの決意宣言に、詩子の声が震えた。

「最初はニューカレドニアなんだ。あそこは島にまだちゃんとした道路が貫通していないとか、海に囲まれているのに真水がないとか、そうしたインフラ問題で、ちょうど、参加者を募っていたんだ」

海斗の表情が微妙に曇った。

「そうだったのか、この四、五日、昼間いなくなってひどく心配した。心当たりはないし、生きた心地がしなかった」

「ごめんなさい、相談したら反対されると思って……」

「そんなことなかった。マテューの決意がそれほどのものだと分かったら、一緒に考えたはずだよ」

「ありがとう。分かってくれるんだね。もう決めてきちゃったんだ。でも二人に反対されたら辛かった」

詩子の頬にあたらしい涙がしずかに流れてきた。

「大学で、宇宙のことを勉強しているんでしょ。ニューカレドニアには、毎晩のように、きれいな流れ星が降るそうだけれど……『天国にいちばん近い島』っていう映画もあったけれど……そんな遠くへ行っちゃって……あ、だからいいのか、パリやヨーロッパとは似ても似つかないところだものね。星の降る国へ道路を作りに行くなんて、日本の自衛隊のようなものかしら」

詩子は自分が支離滅裂になっていくような気がした。

(アンヌが星空の上でしかめっ面をしてるのが見えるわ)とは思うだけで口には出さなかった。

「それに、抜けたいときには何時でも帰ってこられるんだ」とマテューが言った。

「そのときは報せてほしい。何処であろうが、ぼくが必ず迎えに行く」

「ありがとう」と言ったマテューが、シャンパンのグラスを上げた。

「ぼくの門出に乾杯！」

勢いよく言ったマテューの頬は濡れていた。決意し、行動に移ろうとする十七歳の少年の断固とした力が、痩せこけた体の隅々から立ち昇っていた。

合わされた三つのグラスが、カチッ、と、乾いた、透明な音を立てた。

＊

マテューが、ニューカレドニアに発ち、海斗はクルセル大通りの弁護士事務所で、相変わらず弱者救済に努めながら、大企業などの顧問弁護士として辣腕をふるう日々が続き、詩子は東京で、新しい職務に打ち込み、周囲が驚くほどの成果を上げ続けていた。

　三人は地球の上の離れ離れの地点でそれぞれが、それぞれの生き方に没頭していた。被害者や遺族にとっては酷すぎた春山の惨事も、世間はこともなく忘れ、賑やかな夏が行き、短すぎる秋や、長い冬も足早に去り、また春が巡ってきた。この一年の間に詩子はパリへの出張がなかった。

　こうして日は巡り、時が過ぎていった。

　二年もの間詩子は海斗に逢うことが出来なかった。マテューからは世界のあちこちから、便りが来ていた。

　星の降る、天国にいちばん近い島から、危険が多すぎる紛争地域の難民救済などに行っているのは、マテュー自身の希望なのか、組織の要請によるものなのか、詩子には見当がつかなかった。

　マテューは詩子には、使命とされる援助の内容を報せてはこなかった。心配をさせることを避けているのか、詩子が世界に次々と起こる民族間の紛争などには、あまり関心がないと思っているのか。その危惧は当たっていなくもないが、さびしい思いもした。

　海斗は、頻繁に手紙や、電話で生活の様々を伝えてくれてはいたが、二年も逢わずにいると、移ろっていくだろう心の機微を、電話という機械を通じてははかり知ることが出来ない。

もういないアンヌの笑顔や、話し声、華奢な姿はくっきりと浮かぶのに、たびたび連絡を取り合っているにもかかわらず、海斗の、時として翳を持ったり、険しさが滲んだりする複雑な笑顔が、自分から遠のいていくような不安に駆られた。

三人で合わせたシャンパン・グラスの、カチッと乾いた音だけが妙に耳に残っていた。

あれは、わたしのパリ時代の終焉《しゅうえん》の音だったのかも知れない。

あの透明で、乾いた響きの中に、海斗とわたしの別れも潜んでいたのかも知れない。

仕事を終えて一人住まいの部屋に帰ると、さびしさがひたひたと心に満ちた。

けれど、暗いイマジネーションが広がりすぎる余裕もなく、会社の要望は、次々と大きくなり、詩子はそれらに見事に応えていった。

えっ、と思うような仕事にも、弱みをみせず、自分への不確かさをピンと伸ばした背筋に隠して、多少の見栄とはったりで笑顔をたやさずに、結果を出していった。

「渚さん、凄い！　うまくやりおおせましたね」

「詩子さん、おめでとう！　役員入りも時間の問題ね」などの賛辞に囲まれると、気持ちが高揚し、自信がついたりする。

結局、わたしは、マテューや海斗が冗談交じりに言ったように、鈍感で、単純で、やたらと率直なのかもしれない。それら欠点が、いい具合に難問を物ともせず、障害物があっても、気が付かずに我武者羅に進んでこられたのかも知れない、とも思った。

　また一年が暮れてゆこうとする、師走の寒い日に海斗から電話があった。いつもより声が弾んでいた。

「もしかしたら、日本へ行けるかもしれない。義父のアンディ・ブキャナンが引退したときから、日本を担当してほしい、と言われていたけれど、義父の後を継ぐのが釈然としなかったし、ビジネスマンではないので躊躇っていたんだ。法律上の問題も含んでいるので是非と言われて、引き受けようという気になっている」

「わっ、凄い、うれしい！　いつになるの？」

「まだ、決まっていない。詩子さん、君はぼくを冷たい男だと思っているだろう。だって、事務所を閉める夏のヴァカンスに行こうと思えば君に逢いに行くことは出来た。そうしたいと今年も思った」

「どうして来てくれないのかと、正直思ったし、さびしかったわ」

「ぼくはマテューがパリにいられなかったのと同じように、京都を見るのが辛いんだ。君に逢うために東京に行って、京都に行くにはかなりの覚悟が必要なんだ」

「八歳のときに東京に転校させられてから、今まで一度も行っていないの？」

「そうなんだ。三十年近く見ていないぼくの幻のふるさとなんだ」

　海斗の電話の声が珍しく興奮していた。八歳の記憶はおぼろげで、父親の顔とか、秋にはきれいだった「光保育園」のもみじとか、なぜか大好きで、よく母に連れられて行った、桜の咲く道の角にあった「辰巳大明神」の小さな佇まいは鮮明に覚えている。友達や、先生の顔は忘れても、建仁寺近辺の京都の町景色は、はっきりと思い出せる。あの街を君と二人で歩きたい……といった声が、浮き立っていた。

「今度の週末に京都に行ってみるわ。仕事でしか行ったことがないので、駅から会社までしか知らないのよ。学生の時の修学旅行では、一応金閣寺とか、清水寺とかは見たけれど……」

「いや、行かないで！」と海斗が遮った。

「ぼくが見せたい。待っていてほしい。『光保育園』には二人で行きたい」声が希望に満ちていた。

その電話から暫くたってから、硬い声の短い電話が詩子を縮み上がらせた。

「突然で驚くかも知れないけれど、スーダンの首都、ハルツームへ行ってくる」

「スーダンって、アフリカでしょ？　お仕事、じゃないわね。どうしたの、何があったの？」

「マテューが、手術を受けているんだ」

危惧が現実になった。紛争地帯からくる手紙に、いやな予感がしていた。

「マテューが……命は？」いきなり、ずばりと訊いた。

「心配ないとのことだ。詳細は分からない。顔を見てから連絡する」

切れた受話器をもって、詩子は叫ぶようにつぶやいた。

「助けて！　アンヌ、あなたの息子を助けて。手術が成功するように守ってください。雪崩なんかに巻き込まれちゃった罪滅ぼしにどうしてもマテューを助けて。お願いよ、わたしのアンヌ、大事な息子を残して死んじゃったあなたの義務よ。何が山スキーよ。わたしいまでも怒っているんだから！」

詩子は呪文でも唱えるようにいつまでも呟いていた。

詩子さん

マテューは、南スーダンのジュバに来ていました。まだ立ち上がることは出来ないけれど、ベッドに半身を起こすまでに回復しています。そのマテューは、三人で別れのグラスを合わせた十七歳の少年から、大きく成長していました。

ニューカレドニアののどかな作業から、係争地の救援に回されて、彼の中の世界観がぐんと広がったようです。

「宇宙の惑星たちに夢中になっていたけれど、今住んでいる地球という惑星の上で起こっている、殺し合いの犠牲になっている子供や、弱者たちから眼をそむけることが出来なくなった」と語ったマテューは、国連の「南スーダン派遣団」に志願して来たそうです。

スーダンは、北部と南部が、もう三十年にもわたる内戦で疲弊し、南部の住民が二百五十万人も殺され、数百万の難民が行き場をうしない、「スーダンのロストボーイズ」と呼ばれる孤児が二万人もいることは映画にもなったので、あなたも知っていると思います。

この内戦の原因や経緯はともかく、停戦状態なのに、突如過激な銃撃戦が火を噴く。その犠牲になった民間の怪我人を助け出そうとしていたマテューの左大腿に流れ弾が当たってしまった。さいわい骨は外れていたし、弾は摘出されて、痛みはひどいが普通に歩けるようになるだろうという診断です。

詩子さん、
ぼくはいったんパリへ戻ってマテューの悲願を、達成したいと思っています。ここぞ弁護士としての腕を振るって！

ラフォン家の邸宅その他、全財産を処分して、その全額を、アフリカや中東にあふれる難民や孤児のために寄付したい、というのがマテューの願いです。

「焼石に水かも知れないけれど……」と小さい声で言ったマテューはこう続けました。

「ぼくも孤児だった。それを大事に育ててくれたパパとママンへのこれがぼくにできる精いっぱいの恩返しだと思うし、ぼくのようなしあわせに恵まれない子供たちへのささやかな気持ちなんだ」

詩子さん、
ぼくは平静を装っていたけれど、あなたの十八番《おはこ》がうつって胸のなかに大粒の涙が流れた。

日本に行けるのは春になってしまうでしょう。京都、祇園白川の桜が咲くころ、ちょうど、アランとアンヌの命日のころです。

マテューを連れて行きたいと思っています。

待っていてください。愛しています。

湛木海斗

京都に春が来た。

詩子は建仁寺の二曲一双の屏風、俵屋宗達の作といわれる「風神雷神図屏風」の前に立ちすくんでいた。

京都最古の禅寺と言われている由緒あるこの寺の僧侶であった海斗の父、その父に抱かれて入ったお風呂は寺の中なのか、ここから程ないに違いない自宅にあったのか……金箔の中に描かれた風神と雷神の迫力に見入りながら、

「大風や雷が暴れまくる荒野に放り出される人は、世界にもたくさんいるだろう。ぼくは幸いその環境に負けなかった」

と言った海斗を思い浮かべた。その海斗にあと数時間で逢える！

けれど、詩子のパリ生活が終わる時、はじめて愛している、と言葉に出しながら、ただ、今は、この愛に埋没したくはない、とも言った海斗の不思議に胸が騒いだ。ひも解くことができないその不思議が、詩子を不安にしていた。それはたぶん、最愛の

息子に大怪我を負わせた、アンディ・ブキャナンを、なおも愛し続けた母、艶子の生きる姿の不可解があとを曳いているに違いないと、詩子なりの分析のようなものはしていた。

「空港にも、京都駅にも迎えに来ないでね。三年近く会っていない君の顔を見るのは、飛行場や、駅のプラットホームじゃ味気なさ過ぎる。懐かしい京都の町中がいいな」

電話で言った海斗の希望通り、詩子は河原町通にあるホテルの続き部屋をとった。驚かせるつもりか、マテューが一緒かどうかをはっきりと伝えてこなかった。来るに違いないと信じるマテューのために、続き部屋には大きめのダブルベッドを入れてもらった。疲れているに違いない体を大の字にして眠ってほしかった。

この日、詩子は休暇を取って昼過ぎにはホテルに入っていた。成田空港に昼頃に着き、新幹線へと乗り継いで、海斗がホテルに着くのは夕方六時を回っているだろう。その間、じっと待っているのは耐えられなかった。京都は、ぼくが見せたいと言った海斗だが……。三時過ぎに意を決して、フロントにメモを残して町へ出た。

海斗さん。
京都の町中で逢いたい、と言ったあなたのアイディアは素敵だと思ってわたしなりに実行に移します。京都には行かないで、ぼくが見せたい、と言ったあなたの言葉を思い出します。同時に、京都の町中で逢いたい、とも言ったあなた。愛とはいろいろな矛盾を含むものだと思います。ホテルに訊いて、建仁寺や、あなたがお母さまと度々行ったという辰巳大明神の場所をおしえてもらいました。あなたがあれほど懐かしがっていた「光保育園」はあなたと一緒に行きたいし「ぼくが見せたい」といったあなたの言葉どおり通過します。でも建仁寺だけは見てもいいでしょう。ほんとうは、そのお寺での再会がいちばん素敵だったのに……とも思います。

あなたがホテルに到着するころ帰り道をたどります。

今日は快晴で、京都の桜は満開、すてきな見頃です。三十年ぶりの帰郷にふさわしい光景が、ひたすらあなたを待っています。

詩子

往時には「一力亭」の辺り花街いちえんまでが境内だったという建仁寺は、神社仏閣になんの興味もなかった詩子も、無関心ではいられない荘厳な佇まいを広げていた。海斗との再会の瞬間を思い、ときめく胸を抑えながら、さまざまに違うテーマで描かれた、海北友松《かいほうゆうしょう》の襖絵《ふすまえ》を見て回った。

美しいなどという表現には嵌《はま》りきれないいしずかな凄みさえ感じた。淡い寂《さ》びと、奥深い美が点描されている絵姿や、「雲龍図」の吹きすさぶ風の音や、龍の動き回る荒々しさを感じて、詩子は時のたつのを忘れるほど熱中した。

十九世紀半ばに、西洋美術史に革命を起こしたジャポニスム。浮世絵に感動したフランスを中心に興《おこ》った印象派の画家たちは、桃山時代に描かれた、このすばらしい、襖絵を見たのかしら。詩子は、襖絵を眺めることで、海斗との再会の興奮と、恐れを鎮めていた。

恐れは海斗の中にある愛のかたちだった。京都への帰還はどういう広がりを見せてくれるのか。自分の上に留まってくれるのか、日本に事務所を開設したいという夢はまだ遠い先のことなのか……。海斗の言葉に出さない部分に、一喜一憂する自分がもどかしかった。

「今を生きることに、心を傾けなさい」と言った海斗のあのときの今と、長い不在のあとに訪れる今この時の今はどうちがうのだろう。

ふと気がつくと、日はだいぶん傾いていた。

乗り継ぎがうまくいって早く着くことだってあるかも知れない。

地図をたよりに、やっと、粋な二筋の道の結ばれた場所に、つつましい構えで建っている「辰巳大明神」を見つけた。

お寺と神社に捧げるべき礼のかたちがどう違うのかも知らない詩子は、ただ深々と頭を下げて、手をあわせた。

パリに比べると、日本の春の日は短い。

暮れなずむ空が藍色に落ちるなか、大明神に向かって左側の道筋は、川なのか疏水なのかわからない流れに沿って、息をのむほど華やかに満開の桜が賑わっている。桜の間にしだれ柳がところどころに緑の色合いを添えているのが、こよない情緒をかもしだして、得も言われぬ美しさだった。ここが、海斗の言った祇園白川というところに違いないと思った。そして、詩子は東京にはない、京都が綴《つづ》った千年に余る歴史を思った。

灯りだした照明灯に照らされて、いつの間にか降りはじめたこぬか雨がきらきらと光る。

夜桜を愛《め》でる人の群れのずうっと向こうに、一本の棒が揺れている。

杖のように見える棒は人の群れをかき分けて、詩子に向かってやってくる。

「マテュー！」

詩子の声が濡れた。

少年の面影を消したマテューは、遠目にも逞《たくま》しい青年になっている。松葉杖を夕闇の空に掲げて、ほんの少し左足を引きずりながら詩子めがけて、走ってくる！

「ウタコー！」と叫びながら。

マテューの後ろからゆったりと、謎のある笑みを浮かべた海斗が詩子を見つめてやってくる。

涙で滲んだ視界のなかで、夜桜とこぬか雨に飾られながら、海斗とマテューが近づいてくる。

詩子は動けなかった。胸のなかで嵐が猛った。

海斗の「愛」は立ち止まってくれるのか……通り過ぎて行ってしまうのか……倒れ掛かる詩子は「ウタコー！」と駆け寄るマテューの声をきいた。うれしくて、恋しくて、体から力が抜けた。

暮れきらない幻のような明るさの中で、海斗の瞳に炎のような恋が浮かんでいる。答えの見えない明日への謎も潜んでいる。それらにいざなわれて、朧《おぼ》ろな妖しさが詩子の心に揺れている。

急に強くなった風で、桜の花びらが散り、きらきらと光る雨に混ざり合い、祇園白川の光景に凄まじいうつくしさを添えて、京都の夜が始まった。

南の島から来た男

青年にノンと言ったことで、吐き気がするほど疲れていた。

ウイと言っていたら藤堂華子《とうどうはなこ》の人生はどう変わっていたのだろうか。

もうふた昔といえるほどの時が流れてしまったパリでの或る午後のことだった。

急に気温が落ち、ばかばかしいほど晴れあがっていた空が、突然、重たい黒雲に覆われたのだった。幾層にも重なった雲は、せめぎ合っているようにさえ見えた。せめぎあう隙間から鋭い光を町のあちこちにばら撒いていた。それは妖しいうつくしさと、快晴だった今までの空に別れを告げる悼《いた》みを孕《はら》んでいた……と、華子は今にして思う。

あれは、言葉には出さなかった青年のこころ模様だったのだ、と。


二十四歳のその青年は南の島からやってきた。

一文無しの青年はどこかノーブルで、なぜか絹のパンツやカシミアの靴下を穿《は》き、けだるいまなざしで、しかし、人の胸の中まで見透かすような鋭い気配も湛《たた》えていた。

ほっそりと美しい琥珀《こはく》色の裸をさらして、青年は寝息もたてず、化石のように超自然な姿で音もなく眠り、音もなく起き上がり、すっと立って、自分で紅茶を淹《い》れてルモンド紙を読み、なにやら小難しい哲学書を眉間《みけん》にうっすらと一本の皺《しわ》を立てて読み、時々ぼうっと眼をあげて遠くを見る。

そのまなざしには、希望とも絶望ともつかない虚《うつ》ろと、よく見れば奥のほうに荒くれた精悍《せいかん》さもある。サバンナの黒豹が昼寝を終えたあとのような傲慢もあり獲物を嗅ぎつける野性も秘めたなんともいわく言い難い風情である。眼の中に光はなく、けれど暗くも明るくもない。なにか問いかけるととんちんかんな答えが返ってくることもある。こころのなかに溶けない秘密の塊でもあるのか、めったに口を開かない。無口な性分なのだ、と納得しながらもある時、仕事のために読んだヒトラーの伝記の感想を言ってみたら、急に饒舌《じょうぜつ》になり、フリーメイソンや黒魔術秘密結社のことを滔々《とうとう》と語り出した。

「わたしヒトラーの話をしているんだけれど」

「彼、フリーメイソンだったと思わない?」

「とも言われているけど、ほんとうかな」

「どうかな。そういう噂《うわさ》もあるけど、彼自身フリーメイソンを酷評してもいたらしい。あの時代を語るには、やはり闇の中で活躍したそうした膨大な組織のことも調べたほうがいいと思う。ヒトラーという人物は、どん底でバラバラだったドイツを統一して、経済的にも建て直したし、あの力を振り回すような独特の演説ぶりに聴衆は熱狂した。

救世主が現れたと崇《あが》められたと思う。そのうちに手のつけられない妄想狂になった。ユダヤ人にたいする悪魔的な虐殺は、もしかしたら彼自身にユダヤの血が流れているんじゃないか、と言う人もいるらしい」

「不思議だな。でも自分がフリーメイソンだからこそ、暗に打ち消しの目的で悪く言う、それ、あり得ると思うわ。彼の出生には謎があるんでしょう？　もしかしたら自分のなかに流れている血に凄《すご》い憎悪があったのかも知れない。ユダヤに対しても近親憎悪みたいなものが」

「いずれにしても二十世紀最大の殺人鬼になってしまった」

こんな会話はその時が初めてだったが、ジャーナリストである華子を意識しての話題だったのか、でも、そのあとまた半分眠った黒豹のような眼に戻り、光の宿らない視線の先で華子を見つめた。

この青年と出会ったのは、アリアンス・フランセーズの掲示板の前だった。フランスの文化とフランス語を教える学校だから当然学生は外国人だ。掲示板にはそれらの学生のための貸部屋や、ときには、ベビーシッターのアルバイトなどが貼りだされている。

藤堂華子が特派員として派遣されている新聞社は、テレビ局とも連携していて、支社はパリ右岸の繁華街にあったが、そのあたりの貸部屋は雰囲気がブルジョア的でつまらない。東京本社の月給より海外派遣の報酬は驚くほどよくて、派遣当初は三つ星クラスのホテルに交渉して割安の部屋を借りたのだが、ホテル住まいでは町の声や、人たちの暮らしの音も聞こえない。たまには自炊をしたり、現地の記者たちを招いてパーティを開きたい。華子のフランス語はもう少し磨きをかければ町中《まちなか》へ出て生の情報も聞けるだろう。お仕着せの記事は書きたくないとの思いから、普通の庶民生活をしてみようと、ふらりと掲示板を見にいったのだった。

フランス語を自由に話したいために、アリアンス・フランセーズの最上級クラス、レヴェル5を受けて合格し、仕事の合間に通っていた。

その日の掲示板に、屋根裏部屋を改装した格好の出物があった。寝室のほかにかなり広い居間までついていた。さっそく賃貸契約を申し込みに行ったのだが男子学生の先客がいた。

流暢《りゆうちよう》なフランス語を話すので、明らかにこの学校の学生ではない。学生証を見せた瞬間、その部屋は華子のものになった。

ちょっとバツが悪く、「ごめんなさい」といって見上げた青年は屈託のない様子で壁に片方の肩だけをついて、斜めに寄りかかっていた。肌は程よく焦げてミルクを入れ過ぎたカフェー・オ・レのような色で、くたびれたジーンズのジャケットにオフホワイトの絹のワイシャツの上の方のボタンを外して着ていた。頽廃《たいはい》的なムードだがにじみ出る気品があった。

「お気兼ねなく。ガールフレンドの入れ知恵で来てみたんですが、ぼくはソルボンヌの学生だから、無理は当然です」
頬がこころもち削げ、いやに長いまつげと肉感的ともいえる口元が顔全体のバランスを欠いていた。その唇をちょっとほころばせて「サリュッ！（じゃあ）」と若者っぽい挨拶をして屯《たむろ》する学生の間を縫って消えていった。

掲示板を一目見て気に入り、先客を追い落とした格好で手に入れた、二十区の粗末な住まいは、豪華さとはかけ離れているが、みじめな安手とも遠く、まるでひとり舞台にちょうどいい小劇場のような、非現実感を醸《かも》しだしていた。螺旋《らせん》階段に囲まれるように二人乗れるかと危ぶまれるほど小さなエレヴェーターもついていた。

屋根裏部屋特有のななめになった壁に窮屈そうに開く窓がついている。身を乗り出してみると、そこには三つ星ホテルから見えた町景色とは異なる、雑多で混みあった血の気の熱い空気が流れていた。行き交う人の肌の色もさまざまだった。日曜日には食料や日常雑貨や安物の衣類や靴、ブラジャーまでがぶら下がった何でもござれの市が立つ。小さなショルダーバッグを右肩に掛けて、華子は食料品を買いながら市場の隅々を時間をかけてうろついた。

記事にしたいネタはいくらでも転がっていた。新聞の記事は、焦点になった話題を決められた字数で書くことが求められるのであき足らなかった。二十五歳という若さでパリの特派員に選ばれたのは語学力だけではなく短文の中にも多少ほのみえる文章力を買われたのだろう。最近は、総合雑誌にパリ便りなども書くようになりほどほどの評価を得ている。

「そこのマドモアゼル！　あ、マダムかな。バッグをぶらつかせて歩いちゃだめだよ。このへん掏摸《すり》やカッパライが多いからさ。肩から斜めにかけて、手でしっかりつかんでいた方がいいよ」

みるからにアラブ人と分かる魚屋のおかみさんに声をかけられ、まわりの店の人たちも「そうだ、そうだ用心しなよっ」と笑いながら囃《はや》したてた。みんな下品でしかも風格があり、割れかえるように陽気だった。アラブ人がフランスの人口の二〇％は占めるといわれ、その中にユダヤの人が融合し、別段問題が起こらなかった時代のことだった。

見慣れない日本人の、それも若い女が一人でこの地区に住むのには勇気がいるし、珍しいことなのだ。物怖じしないし、ざっくばらんで愛嬌もある。たいした美人でもないが、笑った顔に花が咲く。笑みが消えたあとの風情に、東洋人ならではのうっすらとしたメランコリーが漂う。華子は次第にこの界隈の人気者になって行った。

そんなある日、買い物袋を抱えてエレヴェーターを降りると、狭くて歪んだ廊下に、ひょろりと例の青年が立っていた。

「サリュッ」と言った青年はなぜかちょっと大きめのカバンをぶら下げていた。

「この部屋、たしか居間が付いていましたよね」妙な予感がした。

「悪いけど、今夜一晩だけ泊めてくれませんか」

「で、その荷物、もしかして寝袋?」

「居間にベッドがないことはわかっていましたから」青年のあまりにも自然体の図々しさに興味がわいた。

「あなたどこのお国の人?」

「どこ人に見えますか」完璧なフランス語だが、肌は浅黒く眼の中に国籍不明の色合いがあった。

「フランスの血が半分……それとあとはインドかな、それとも純粋のクレオル?」

「いい勘してますね。ただ純粋のクレオルなんて少ないですよ。インド洋の島々に住むのはだいたい潮の流れで中国とかインドから流れ着いた人たちとの混血が多いんです」

「でも、黒人に近い人たちが大部分でしょう。まあアフリカ大陸から飛び散ったような島たちと言ってもいいでしょう?」

「行ったことがあるんですか」

「ええ、セイシェル群島へ行ったわ。海がすごくきれいだった」青年は手をのばして華子の荷物を持ってくれ、首をドアに傾《かし》げた。「いつまでこんな狭くて床が傾いだ処にいるんですか、部屋に入ったほうがよくありませんか」

どちらが部屋のぬしか分からないあまりにも自然で鷹揚《おうよう》な態度にうかうかと乗せられるように華子はドアを開けた。

結局、青年はそのまま、華子の居間にいついた。

家賃はきちんと半分払った。男がいる方が心強いはずだが、青年はそんな役には立たなかった。まるで夢のなかを泳いでいる印象しか受けなかったが、大学に行っているのか昼間はほぼ外に出ていたし、本が次第に増えていった。時々、書留の封書が届き、青年はそれを読むときだけは、真剣そのものの面ざしをした。華子が仕事を終えて帰ると、居たり居なかったりで、時には、器用にクレオル料理を作って待っていてくれたりした。次第にある一線を画した奇妙な親しさがたなびいてきた。

「なにを専攻しているの」

「社会心理学です」

意外な気がした。このへんで自分が何故ホテル住まいから、居間つきの貸部屋に移ったかを説明する必要があると思った。

「あなたが寝ている居間でね、ときどき人を招《よ》んでいろいろな意見交換をやりたいのよ」みなまで言わせず青年が遮った。

「そういう日はぼく消えます」

「どこへ？」

「母の家が十五区にあるんです」またも意外だった。

「母はフランス人なんです。でも父とはかなり前から別居していて、いまは大勢の所帯が入っているアパルトマンの管理人をしています。半年ほど一緒に住んでいたけれど、管理人の部屋は狭いし、住人が年中押しかけて苦情や頼みごとをするので、落ち着いて勉強出来ないんです」

「あなたでも勉強することがあるの」

青年ははじめて愉快そうに笑った。

「日本人のように勤勉じゃない勉強の仕方もあるんですよ」

からかわれているようで少し腹が立った。

「怒った顔すてきですよ」冗談なのか真面目なのか分からない、風が吹きすぎるような声で言った。

「はじめて会った時、ガールフレンドがいるといったでしょう。彼女はどうしたの」

しばしの逡巡《しゅんじゅん》の後きっぱりと言った。

「別れました」

図々しくも完璧に同居人として押し入った、魅力がないわけではない青年の素性を正確に知っておこうと思った。

「お父さんがインドの方なわけね」

「身元調査ですか」

「そういうこと。生まれは、インド洋でセイシェルじゃないとしたらマダガスカルかしら、マグレブというすてきな島もあるわね」

「ぼくが住んでいた島は、世界地図をみれば、マダガスカルの東に針の穴ほど小さい点でしか載っていないモーリシャスという小島です。でも生まれはニューデリーです。姓はウッダウラ、名はドミニック」

ここで青年は、よろしいでしょうか？　というようなお茶目な笑いを見せてから続けた。

「かつてインドには四つのカーストがあって、父は代々続いていたその上部の階層に生まれ育ったわけです。その父には旺盛な事業欲があり、才能にも恵まれていたようです。今思えば夢のような生活でした」

青年の人をはばからない、自然な図々しさとも言える鷹揚さ、にじみ出る気品のようなものの謎が解けた気がした。

「インドでカースト制はもうとっくに解消されたのでしょう。でも長年にわたった習慣はなかなか消滅するはずもないでしょうね。恵まれた環境にいるご家族がどうしてそんな小島に移り住むことになったの？」

「家族のとても簡単には語りきれない内情まで知りたいんですか」

「わたしが知りたいのは、学校の掲示板の前で出会っただけのあなたがなぜ今、わたしと借部屋を共有しているのか、そして一カ月も経ってしまったのかということなの」

青年は微妙な笑みをうかべた。

「気が付きませんか。あなたの魅力ですよ」

「からかわないでほしいな。わたし、男にもてたことないのよ」

「それは見る眼のない男か、あなたに近づくのがちょっと怖い臆病な男ですよ。もったいないな。あなたの魅力は見え透きじゃないんだ。見え隠れするところがいい。頭がいいのに、考えられないほど迂闊《うかつ》でナイーヴで不用心なところもいい」

「それ、魅力と言わないいんじゃない？　むしろ欠点を暴かれているみたいだわ」

「欠点じゃない。あなたのそのすてきな迂闊さがなかったら、寝袋を持ったぼくに部屋のドアを開けなかったでしょう」

「あなたの魅力のかぎわけ方はひどくエゴサントリックね。自己中心的だわ」

「分かってないな、ま、いいです」青年はぴたりと口を閉じてしまった。

*

月日が経った。親しみは増したがお互いにお互いを干渉せず、ときには何日も言葉を交わさないこともあった。

けれど、青年の存在が、自分の中で占める位置が、ある重みを持ってきたように華子は感じてもいた。

時折、青年は二日ぐらい帰らないことがあった。そんな時には、メモにきちんと去就を書いて、ドアの脇にある小さなテーブルに、文鎮がわりのコップが野花をさして置かれていた。

「久しぶりに母の顔を見てきます」

押し入り同居人としてのマナーかも知れないが、そうした心遣いは心地よかった。が、青年のいない屋根裏部屋が、広すぎると感じるようにもなった。差し迫った原稿を自分の部屋で書きながらふと耳を澄ませ、青年の立てるかすかな立ち居振る舞いを聴きとれない不在を、寂しく思った。そんな僅《わず》かな気持ちの変化のなかで、華子も世を騒がす事件の取材のときなどは、メモを残して小物をのせ、紙が飛ばないようにする習慣がついた。建てつけの悪いこの部屋には、気まぐれな隙間風がメモを吹き飛ばして、用を成さないこともあったから。

それはある、みぞれ混じりのひどく寒い雨降りの日のことだった。パリのど真ん中、ノートルダム寺院の広場でクルド人が何日目かの座り込みストライキに入っていた。当時イラクの大統領だったフセインが、化学兵器を使って、自国に住むクルド人をあっという間に五千人も惨殺して世界が騒然となった事件があった。その後に続いた世界に広がる凄惨な混乱の遠因はこの虐殺に始まったのではないかとさえ、華子はずっと後になってから思った。

その日、降りしきる凍えるような雨からやせ細った身を守るため、彼らは青い大きなビニールシートをテントのようにして立て籠《こも》っていた。テントのあちこちに穴をあけ人差し指と中指をヴィクトワールを意味するおおきなV字型に開き、メガフォンを使って叫んでいた。

「われわれはクルドのヒロシマです。子供たちは遊びながら、笑いながら、何が起こったのかも分からずに死んでいったのです」

風で逆立ちをし骨が折れた傘を捨て、華子はクルド人のテントに駆け寄った。

「わたし、日本のジャーナリストです。顔を見せてくれませんか」

ビニールの裾《すそ》がすこし跳ね上げられた。テントの中には絶望と、救済へのひたむきな祈りに満ちた蒼《あお》ざめた顔が二十人ぐらい、凍えた肩を寄せ合っていた。

「写真を撮ってもいいでしょうか」

「撮って下さい。世界の人に知ってもらいたい。われわれクルドには国さえないのです。祖国を持たないクルドは四つの国に跨《また》がって住み、差別され、化学兵器に怯《おび》えながらやっと生きているのです」

華子ははっと体を硬直させた。ないっ！　カメラがないのだ。何処かへ落としたのか、掏《す》られたのか、忘れて来たのか。この記事に写真がなければ、彼らの窮状が伝わらない。そのとき肩にひじをついたような重みを感じ、同時にシャッターが切られた。立て続けのシャッター音に振り向くと、同居人の青年が蒼ざめた顔で首から二台のカメラをぶらさげていた。無言のまま暫《しばら》くシャッターを切り続け、華子には眼もくれず、雨飛沫《しぶき》をあげて広場を駆け抜けていった。華子が、まだ少年に見える眼の澄みきった子供の話をテープレコーダーに録《と》りながら、印象をノートに書きつけていると、青年が、華子も知っているクレープ屋の主人を連れて、抱えきれないほどのゴーフルやクレープ、温かい飲み物を運んできた。

「ストはいいけど飢え死にしたんじゃ、元も子もない。温かいうちに食べて、闘って下さい」テントのなかにほっとしたような驚きの輪が広がり、華子はもっと驚いた。青年に持っていた好意以上のものとは別の、うっすらとした曖昧な軽視がすっこ抜けた。

「テントの脇に立て掛けてある、板に張り付けた女の子の写真も撮りましたよ」

「笑っている写真？」

「笑いながら殺されている五歳ぐらいの女の子、遊んでいたのか手を前の方に差し伸べていた」

「助太刀《すけだち》ありがとう。わたしのメモを見てくれたのね」

青年は長い人差し指で華子の額をつついた。かなりの力だったので華子はよろりと後ろへのけぞった。その華子の首に彼女のカメラをかけながら、笑いを含んだからかいの声が言った。

「ドジなハンナ。メモが飛ばないように、取材には絶対必要なカメラが重しにしてあったんですよ」青年は華子をハンナと呼んでいた。

「まさか。これ重大事だわ。アルツハイマーの奔《はし》りかしら」

自分にあきれはて、自嘲《じちょう》的なジョークで言ったつもりなのに青年は真面目な声を返してきた。

「若い時の発症もあるというから」

雨に叩かれながら二人は無言でメトロの駅に向かって歩いた。サン・ミッシェルへ渡る橋を半ばまで来て、華子が気になったことを口に出した。

「あなたいつも一文無しだと言っているけれど、あの大量の食料はどうしたの？　まさかクレープ屋のおじさんがボランティアでクルド人に同情したわけじゃないでしょう」

「ぼくは今、ある事情があって一文無しです。母に物乞いするのがいやなので、ときどき観光客相手のガイドをやっているんだ。かなり引っ張りだこの名ガイドですよ」

「で、その観光客を連れて、クレープ屋で昼食かなんかをする」

青年は微妙にほほ笑みながら言った。

「それもあるけど、彼、いい男なんだ。弱者の味方だし、世界の動きや、政治にも関心があるし。ぼくたちにはいつしか、仲間意識みたいなものが生まれてしまった」

青年のもう一つの顔を見た気がした。

「その仲間意識、わたしにも持ってくれているのね」

「何を言ってる。それ以上のものを感じている筈《はず》でしょう」

「じゃあ、訊いてもいいかな。なにか曰《いわ》くのありそうな、今は一文無しという事情」

「もう半年も一緒に住んでいるんですよ」

「一緒に暮らしているわけじゃないわね」

「そういうわけにしないのは、どっちかな」

今度は華子が微妙にほほ笑んだ。その笑みには、生まれつき持っている、存在の奥に潜んだ、女の計り知れない魅力があることを彼女自身は知らない。

その夜、冷えきった体を小さな湯船に沈めた華子は、温まりきれないうちにまだびしょ濡れでいる青年に湯船を譲り、自室のベッドで毛布にくるまった。

軽いノックをしてドアを開けた青年は、小麦色の体に白いバスタオルをまきつけ、カシミアのソックスを穿いて音もなく静かに華子の隣に横たわった。あまりにも自然にベッドに入った青年に華子は懐かしいような安らぎを感じた。

「この寝室案外広いんですね」

「はじめて見たみたいなこと言ってる」

「もちろんはじめてさ、あなたが留守のときにこっそり覗《のぞ》き見する人間に思っていたんですか」

華子はちいさく「ごめん」といった。声が掠《かす》れていた。転がりながらタオルを外した青年は、小麦色の体に華子を取り込み、肌と肌がくまなく同じ閃光《せんこう》を放ちじっとりと汗ばんでくると、日頃の物憂げな様子がかき消え、重く熱いまなざしで華子を怖いほど真剣に見詰めた。

「どうして一文無しが絹のパンツを穿いているの。かつての豪奢《ごうしゃ》な生活の名残り？」

「あなたは艶消しな観察をする人なんだ。ダメ男に持てないのはそんなところかも知れない」

「こんな状態になったことないもの……」掠れた声が甘くなった。ほっそりと湿った体がふたつ、クリムトの絵のように溶け合った。

次の朝は晴れていた。前夜の嵐が嘘のようだった。二人の間にあった、惹《ひ》かれ合っているのに、靄《もや》のように不可解な謎が邪魔をして、ぎくしゃくとした隣人愛のようなものでカタをつけていたものが、はっきりとしたカタチをとるようになった。

＊

この頃、パリに二、三カ国の言語に堪能な十人ほどのスタッフを集め、二十カ国に近い言語をカバーする或るグループがあった。その優秀な彼らが、世界、特にフランスやヨーロッパに日々起こる時事問題や日常雑事を詳細にまとめて各国語、もちろん日本語にも訳し、マスコミに発信する便利な情報会社を作っていた。主宰するのは強い関西訛《なま》りのある西田《にしだ》という日本人だった。物腰がやわらかく、頭の回転が早くて事件への解説は分かりやすく、鋭く、個性的だった。その個性が時には邪魔をする。ほとんどのテレビ局や新聞社がその会社と契約を結んでいるので、発表するコメントにその個性がちらついたり、記事の内容が似通ってしまう。特派員として華子はそうした手軽な便利さに頼るのはいやだったが、西田という男の博識と、分析力は抜きん出ていると思っていた。世界経済の動きを読み取る速さと正確さもたいしたものだった。すべてにそつなく抜け目がなかった。華子からその話を聞いて、以前からやりたいと言っていた意見交換のパーティをやってみたら、と青年が言いだした。

各々が一品ずつ持ち寄って、賑やかな食事会をしたのはそれから間もないことだった。青年のソルボンヌの仲間や、日仏ジャーナリズム界の若手も集まって座は盛り上がった。年長者であり話術にも長《た》けた西田を南の島から来た青年は、無言のままじっと観察しているようだった。その気配を感じてか西田が青年に訊いた。

「君の国は……インド？　でも白人種とのハーフだよね」

「母がフランス人です」

「お母さん、もしかして金髪碧眼《へきがん》？」

「どうして分かるんですか」

「髪の毛の色と、眼の色合い」

華子は吃驚《びっくり》した。青年の眼は茶色なのに時としてブルーグレイや、ブルーグリーンがかって見えることがあった。真昼間ではなく、夕暮れどきの残照が空をあかね色に染める時、彼の眼は色合いを変えるのだった。彼について私はまだ何も知らない、と思いながら、褐色の肌にしてはやや明るい栗毛色の巻き毛を眺めた。

「インドは広いからな、どのあたり？　ニューデリーかな」と西田が言葉を継いだ。

「生まれたのはそうですが、いまはインド洋の小さな島に住んでいます。島はいろいろな国の領土にされましたが、今では、独立して安定しています」

「ああ、イギリスから、一九六八年に独立したリパブリック・オブ・モーリシャス。モーリシャス島？」

「よくご存じですね」

「商売ですからね」西田は笑った。

「それに、一九六八年の独立は、パリの五月革命と同じ年だからね。特に印象的ですよ。日本の学生もゲバ棒をふるったし、世界中で労働者や学生が改革を叫んだ時代ですよ。残念ながら体制は微々たる改善を余儀なくしただけで、世界中の若者にはひどい挫折感が残った」

「独立時代ぼくはまだ子供で、たいした記憶もないのですが、当時はサトウキビとお茶ぐらいの名産地でしかなかったそうですが、今は繊維産業や、観光でかなり豊かになっています。ぼくの父はその開発に乗り出すために一族を連れて島に渡りました」

そういうことだったのか、と華子は自分には話さなかった家族大移動の事情を、はじめて会った西田に語る青年をちょっと恨めしく思った。

けれど、青年は「今は一文無し」になったその後の事情は話さなかった。集まった連中が賑々《にぎにぎ》しく去って行った宴のあとの、雑然と散らかった静寂のなかでポツリポツリと語りだした。

既に成果を上げ始めていた島の観光事業は青年の父親の才覚と財力と行動力で、その開発がいちじるしく開花した。すべてが順風満帆のなかで、長男である青年はまだ中学生の弟や妹、三歳年上の姉を残して、一人パリで下宿生活をしながらソルボンヌ大学へ通うことになった。当時両親の仲は至極円満でしあわせな家庭生活が壊れるとは想像もしなかった。ただ経営その他を共有している身内の男のことで両親が激しく言い争っている場面もあった。それをきっかけに、母親はフランスで暮らすようになった。

「ぼくは観光とか経営とかに興味がなかった。父の寛大さに甘んじて至極のんびりと学生生活を楽しんでいた。ひどく後悔しています」

「なにがあったの」

青年の眼が遠くの何かに向けて燃えた。

パリで暢気《のんき》に暮らしているある日、突然、父親の訃報が入り、その月から仕送りが絶えた。

島に帰った青年を信じられない事実が待ち受けていた。健康面でなんの問題もなかった男盛りの父親が、心不全で倒れたのはあり得ることかも知れなかったが、彼が自身の分身のように信頼していた、青年にとっては血の繋《つな》がらない叔父が、財産のほとんどを横領してしまったのだった。十五区でマンションの管理人をしている母親も元はと言えば、この叔父とそりが合わず、別居を余儀なくされたのだという。

「その理不尽な事情が解決する見込みはあるの？」

「父がぼく名義で蓄えてくれていた物の半分を、ぼくのきょうだいに与え、あとの半分を凄腕の弁護士に預けてある。父はその叔父の人間を見誤り、それを見通した母が潔く島を去ったのをいいことに、母にはなんの援助もしていなかった。叔父は父の信頼と、立場を利用してずっと前から計画的に裏工作をしていたに違いない。ぼくは人間のそうした劣悪な汚さを許せない。母と姉妹や弟をこのままにしては置かない。父の椅子にふんぞり返って安穏と暮らし、まだ若くて気の弱い姉妹たちを秘書という名目で、使用人のようにこき使っているあの男を絶対に許さない」いっきにそこまで話すと青年はふつりと黙った。いつも茫漠としている眼が怨嗟《えんさ》の炎で光った。

青年は心不全という唐突な父親の死因にさえ疑問を持っているのではないかと華子は思ったが、もちろんそんな気配を感じさせるようなことは言わなかったし、そんな疑惑を湧かせる自分はよこしまな想像力の持ち主かも知れない、と慄然《りつぜん》とした。

それにしても厭《いや》なはなしだと思った。青年も詳細ではないにせよ、身内の恥を語ったことにじくじたる思いがあったに違いなく、それから暫くは寡黙な男に戻った。

しかし、語りたくない秘密を共有したことで二人の共同生活は、着実にお互いの望むいいカタチを作っていった。

青年は華子の部屋で夜を過ごし、早く起きたほうが華子のコーヒーと青年の紅茶をいれ、トーストを焼く。ベッドのある寝室の小さな机で原稿を書いていた華子は、取材ノートを居間の大きいテーブルに移し、読書が主な青年と差し向かいで仕事をした。青年の眼から物憂い陰りが薄れていった。とんちんかんな返事も返ってこなくなった。こころの底に停滞していた悪魔に操られたような運命への怒りの塊を、華子に打ち明けたことで、多少気分が軽くなったのか若者らしい生気がみちてきた。

ふたりはお互いに、穏やかで自然なしあわせを感じていた。その穏やかさは国も生まれも、育った環境も文化も、あまりにもかけ離れて、理解の届かない二つの世界を、お互いに了承している上に、成り立っているハーモニーなのだった。

パーティをしてからは、よく西田が支社に顔を出すようになった。如才なくて、幅広い教養と知性を持ち、打てば響くような頭のよさ、そのうえ三、四カ国語に堪能ともなれば「出来るけれど厭味な男」と敬遠される要素は揃《そろ》っている。それにもかかわらず、テレビ局と新聞社というその道に選ばれて派遣されてきたグループのなかで、誰からも好かれているのは、彼の人となりに加えて、見た眼の貧乏臭さや、時おり交ぜられる、吹き出すほどひどい関西訛りにある、と華子は見ていた。それを承知で西田はあえて、仕事に必要な場での武器に使っていると華子は思っていた。

「関西弁ってヤツはね、人たらしなんだよ」と東京の同僚が言っていたのを思い出す。

「わたしたちとフランス語を話すときは、そのひどい訛りがぜんぜん出ないのが不思議だわ。ふつう、どんなに気をつけても訛りって外国語を使う時にも何となく出るものだと思うけれど……」

華子はこのところ頻繁に支社に現れる西田のことを、その日、今はドミニックという名前を詰めてドムと呼んでいる青年に話した。

二人はめずらしくシャンゼリゼのアルザス料理店で、シュークルットを食べていた。

「彼、本物の男なんだよ。だから、ハンナに惚《ほ》れているんだよ、頻繁に支社に現れるのはハンナに会いに来るんだ」

「冗談じゃないわ。彼、風采はあがらないけれど、吃驚《びっくり》するほどすてきな奥さんがいるのよ」

「そのすてきに終生の愛を捧げる男ではないと思うな。ハンナのすてきは彼の奥さんを何十倍も超えているんだよ」

「いつか、男にもてないのは無粋な観察をするからだって、あなた言ったよ」

「そして、救えないほど鈍感なところ……」

甘酸っぱいシューを顔をしかめて食べながら、華子は日暮れ時の残照で青年の瞳にみどりがかった光が散ってゆくのをうっとりと眺めた。

その華子を見つめる青年の眼は、静かに、ずっくりと深く、華子の胸の奥へ沈んでいった。

＊

「あ、大学がご一緒だったんですか」華子は、変哲もないつまらない会話だなとは思いながら、にっこり笑って自分の前の席を選んだ西田聡子《さとこ》夫人を見た。ときおり開いている在仏日本人の婦人会に華子がはじめて声を掛けられて出席したのだった。こうして華子は近ぢかと西田夫人を見ている。美しい人だな、というのが第一印象だった。服装もセンスがよく、さっぱりとすがすがしい様子がさすがは西田さんの奥さまだ、と感心した。

ある日、その西田から二人だけの食事に誘われて、

「奥さまがご一緒なら」と華子は答えた。

「あ、見抜かれているな、ぼくの下心を」と西田は笑った。

「一度婦人会でお会いしているのです。すてきな奥さまですね」

「どうせなら、モーリシャス島の彼も一緒はどう。彼との仲はどうなっているの」

「とてもいい関係です」

「だろうな、美男美女だし、傍《はた》から見てもいいカップルだよ」

「美男美女の形容は返上させて下さい。お世辞にしても歯が浮きます。でも、もしいいカップルと思って下さるなら、どうしてわたし一人を食事に誘って下さるのですか。

お仕事の話でもないでしょうに」

西田はからからと笑った。

「冗談冗談。それにしても聞きしに勝るね。君、思ったことをよくずけずけ言う人だね」

「不器用で迂闊で、不用心だと言われています」

「男にはね、逆説で女を落とすって方法もあるんですよ」

というような前座があって、四人はオペラ大通りを折れたサンタンヌ通りのちょっと有名な和食料理店で落ち合った。ここは、華子が青年の誕生日がきたら招待したいと思っていた店で、日本企業の支店長クラスでなければ入り難い雰囲気を持っていた。

東京にもこれほどの和食を出す店は少ないと思うほど、腕の立つシェフが居るに違いなかった。クレオル料理とは比べようもない繊細な味に青年も「デリシャス！」を繰り返した。けれどその他はかなり寡黙で、その場の雰囲気を眺めて楽しんでいるようでもあり、観察しているようでもあった。「招かれざる客」をちゃんと認識しての控え目な態度ともとれた。華子は食べることに専念した。

「なにもかも絶品級ですね。パリでこんなに美味しい和食がいただけるなんて……」

素直に喜んでいる華子を、鷹揚に愛《め》でるという気配で、聡子夫人はおっほほと笑った。もともと美人なのに、その日はどうしたわけかファウンデーションが厚すぎ、紫のアイシャドーがせっかくの美貌にかなりのダメージを与えている。（あれっ、どうしてこんなに変われるの、あのときのすがすがしさはどこへ行っちゃったの！）と驚くほどその笑いはわざとらしく、この夜の聡子夫人には会で感じた品の良さも、奥床しかった挙措も消え去り、わけもなく笑い続ける様子に、どこか権高なものが感じ取れた。華子は急に背筋をのばし、改まった調子で西田を見つめた。

「西田さん、二人でお招きいただくのは気がひけます。若輩の身で失礼ですが、ここ高いんでしょう。割り勘にして下さい。彼はまだ学生だけどわたしは年齢にしてはかなり高給取りです。そうさせて下さい」

聡子夫人が丹念にマニキュアをほどこした美しい指を、華子の顔の前で横に振った。

「西田にまかせましょう、華子さん。この店、彼がオーナーなのよ」

「え？」華子が驚いてぽかんと口を開けた。

「余計なことを言って水を差すなよ」

西田は珍しく不機嫌な声を出した。

「学内一の秀才が、学内一の美女と結ばれた。お伽噺《とぎばなし》じゃありませんか」

白けた座をとりなすためか、ドム青年にしては珍しいことを言った。

「皮肉を言っちゃいけませんよ、君。お伽噺ほど怖いものはないんだ。怪談ですよ」

ドムはくじけずほほ笑んだ。聡子夫人も涼しい顔で華やかに笑った。華子は内心寒々とした。

「それに、あなたがレストランをお持ちだということ、ぼくはハンナほど驚きません。

あなたほどの商才をお持ちならほかにもいろいろやっていらしても当然だと思います」

「やっていますよ、いろいろと。風采のあがらない男の、世間に対する意地みたいなものです」

西田流のおどけにくるんではいても、それが本音であることに華子もドムも気づいていた。

「いつか、ぼくも西田さんのアドヴァイスが欲しくなるときが来るといいなと思います」

「ほおー、お父さんの後を継ぐということですか」

「今のところは、見果てぬ夢ですが」

「夢？　ぼくは必ず実現すると思うな、いいじゃないですか。夢を持たない人間はさびしいものです」

「すこし、経済を勉強してみようと思っています」

「勉強？　だめだめ、興味がなきゃあ、勉強なんかしたって何の役にも立ちませんよ。ぼくが興味を持たせてあげますよ」

しーんとして話の成り行きを見つめている華子の背中をぽんと叩いて西田があっけらかんと明るく言った。

「行ってみたいな、モーリシャス島。さて、誰と行くかな、家内と華子さんと三《み》つ巴《どもえ》なんてこともありだな」

西田と青年がどこまで本気で話を続けているのか、もやもやした気分でいる華子に聡子夫人がすいっと近づき、むっちりとした体を喰い込ませるほど寄せ、耳元でささやいた。

「西田は華子さんにめろめろなのよ。三角関係のモーリシャス行き、なんてことにならないようにしましょうね」

夫人の眼がキラリと光った。そしてまた勝ち誇ったようにおっほほ、と笑った。


思わぬ方向に話がずれた会食が終わって、西田夫妻は店に残り、華子は気分の悪い疲れ方をしていた。小ぬか雨が降っているのに、繁華な店の灯りで二人の影法師がうっすらと通りに影をひいていた。

「ぼくが想像した西田夫人像は、かなり当たっていたんで驚いた。西田さんのように飛び抜けて優秀な男性の妻になる人は、同じくらいとはいかないまでも、かなり高い知性や教養をもっている女性か、逆に、美しいだけでさっきのように見苦しい振る舞いを晒《さら》してしまう通俗的な女性か……どっちかだとぼくは思う」

「どうして分かるの？　社会心理学の成果なの？」普段ならおどけてからかうはずの声が沈んでいた。

「どうしたの、怒っているの」

「怒ってなんかいない。甘い香水のにおいが気持ち悪かった。がっかりしているの。

爽やかな人だと思っていたのにまるで別人なんだもの」

華子は耳に吹きつけられた香水の残り香を汚らわしいものでも振り落とすように、頭を左右に振り続けた。

「女は嫉妬をすると本性が出るものじゃないかな。彼女は自分をコントロールできるほどの器じゃないんだよ。でも、もともとは、もっとすてきな女性だったかも知れない。西田さんの個性は強烈だからな」

「今日の西田さんも好きじゃなかった。一人でいるときはそれぞれすてきでも、やっぱり、男と女って一緒にいると、難しいものなのね」

「夫婦っていうのが難しいんじゃないかな。はじめは身を焦がすほど夢中でいても、長年、四六時中一緒にいてルーティーン化すると褪《あ》せてくるものがある」

「そうね、恋が愛に変わって一生その愛を山あり谷ありで続けていければいいけれど、馴《な》れ合いが過ぎて嫌悪感なんてものが入り込むこともあるんでしょうね」

「ハンナ、まるで人生を知り尽くした中年女みたいなこと言ってる」

「ほんとだ！　わたしたち、まだこんなに若いのに」

青年は華子の肩をやわらかく抱き、走ってくるタクシーに手をあげた。

「ハンナが疲れているから、タクシーで帰ろう。今日のぼくはちょっとお金持ちなんだ。きのうはパリを案内して、今日は、ジヴェルニーのモネの家に行ったんだ。あの睡蓮《すいれん》の咲く池にかかる太鼓橋は大好きだな。大勢の団体だったからか、ぼくにしてみれば思わぬ大金が入った。今夜の食事もぼくは招かれざる客だったから、ハンナが言いださなくても二人の分は払うつもりでいた」

「ドム、やさしいあなたが好きよ。大好きだわ」

青年の肩にのせた華子の髪に、ドムが長い指をくぐらせて言った。

「はじめて言ってくれたね、好きという言葉」


それから暫《しばら》くして、華子が出社すると同時に上司に呼ばれた。

まさか、東京本社か、他の国への異動か……まだ二年も経っていないのに。緊張して文社長のデスクへ行った華子を待っていたのは、新聞社の上司とテレビ局のヨーロッパ支局長だった。

「優秀なアシスタントをつけるから、君に、ドキュメンタリーを手掛けてもらいたい。取材力は抜群のようだし、君らしいコメントは新鮮な魅力になると思う」

二人の大先輩にあれこれの指示や、アドヴァイスを受けながら、華子の思いはすでに、文章表現の世界から、映像とナレーションの新しい境地に飛んでいた。

その晩、華子は腕に縒《よ》りをかけて、ドムの好物、スペインのパエリアを作った。料理にはかなりの自信があった。

「ドキュメンタリー、素晴らしいじゃないか。局側が期待しているのはもちろん動乱の地だよね。まかり間違ってもインド洋に浮かぶこの世最後の楽園、なんかじゃないよね」

うっかりと言ってしまってから、ドムははっとして「ごめん」と淋しい顔をした。

「パエリア凄く美味しいよ」

慌てたドムが何を思ったのか華子は理解した。いつか来るだろう別れ。

「でも、これでわたしのパリ駐在は三年ぐらい延びたと思う」

「うん」蠟燭《ろうそく》の灯りの下で二人はいつまでも指を絡ませていた。


その日、支社の会議は混乱を極めていた。

「華ちゃんの初めてのミッションとしては、重いし、危険が伴うし、反対する者の方が多いんだけど」とテレビの局長は言い淀《よど》んだ。

「何処でしょう」

「イスラエルだ。この五月でイスラエル建国から四十年になる。その上、最も危険なヨルダン川西岸地区や、ガザ地区。激しさを増すばかりのパレスチナの過激派と、報復合戦が熾烈《しれつ》を極めるイスラエル過激派の両方を、危なくない程度に踏みいって取材して欲しいという本社の要望なんだ」

「そんな！　女には無理ですよ。危険すぎますよ。しかもはじめてのドキュメンタリーでしょう。無謀ですよ」

現地雇いも入れて、全員七名が集まって侃々諤々《かんかんがくがく》と続き、危険で重大なテーマをべテランを差し置いて女にやらせるなんて、というやっかみまじりの憤慨よりは、華ちゃんが可哀想だという思惑のほうが強かった。

「本社も凄いな。危なくない程度になんて、よく言うよ」

「やります。わたしにやらせて下さい」と華子が言った。

「よく考えてから返事していいんだよ。母一人娘一人なのに」

「ヤだ。もう死んだことにしないでください。それに女だから危険ってへんでしょう。危険は性別見分けてやってこないでしょう？　わたし、悪運強いから」

「気も強いよ」その言葉が笑いを生み、イスラエル取材の経験者がプロデューサーとして同行することになり、華子と録音技術者の三人だけが日本人で、カメラその他は現地調達と決まった。

局長の英断と、破格の抜擢《ばってき》に華子は震えるほど感激した。そして、前から興味のあった、イスラエル・パレスチナ問題について勉強をし直そうと思った。かつて、夢中になって読んだ犬養道子の『旧約聖書物語』をひらいていると、ドムが面白そうに笑った。

「ハンナはやっぱりクソ真面目な日本人だな。モーゼの時代からやりはじめていたら間にあわないんじゃない？　もっと最近、二千年にわたるディアスポラ（離散）の果てに、イスラエルがパレスチナに独立国を作ったあたりから始めたほうが効率的だと思うよ」

「そうね。クソ真面目。また、欠点が増えたわね！」

「それに、今年はその独立四十周年になる。パレスチナのインティファーダ（抵抗）は凄まじいと思う」

「独立した時の初代首相、ベングリオンだったかしら。『土地なき民に、民なき土地を』と勝手なことを言ったのは……」

「それはイスラエル建国のスローガンだった」

「でもその土地に民はいたのよね。れっきとしたパレスチナという民が」

「もっといえば、いろいろな国が来て、栄えて、滅んで、去って行った。エジプト、ヒッタイト、カナン、ペリシテ、ユダヤ、バビロニア、ペルシャ、ローマ、イスラム、十字軍、トルコ……」

「ドム、凄い！　それで最後に定住したのが、パレスチナなわけなの？」

「むしろ、どんな国が来ても、ほんとうの『民』は遊牧民のベドウィンじゃないのかな。東洋のはずれ、ユダ砂漠のはずれ、ここから西洋が始まろうとするところにある、ちっちゃな国。地中海に臨んでいるし、聖母マリアがキリストを懐妊したとされるナザレ辺りは緑豊からしいけれど、砂漠と岩漠の酷《ひど》く荒れた土地らしい」

「つまり、うまし国ではないわけね」

「イスラエル・パレスチナの抗争は、結局、英国の二枚舌が生んだ悲劇だよ。厳密に言えば三枚舌だ。どっちにも美味しいことを言って、ほっぽり出した罪は重いよ」

「アラビアのロレンスという人もいたわね」

ふたりはその夜遅くまで、世界の宿痾《しゅくあ》ともいえる人間の憎しみという病苦について話し合った。華子はあらためてドムの広範囲にわたる見識の深さに感じ入った。今回課せられたはじめてのルポへの意見や忠告をうれしいと思ったし、すこし高揚したしあわせを感じた。

「事故や災難はどんなに気をつけていても起こる。ただ、これだけは忘れないでね。二千年もの間祖国を持てず、そのうえヒトラーのジェノサイドをうけた人たちは、あらゆることに執念深い。屈辱を忘れたりしない。日本人ジャーナリストの入国には神経質になるにちがいない」

「なぜ日本人が……」

「彼らはきのうのことのように憶えていると思うよ」

「あ、日本赤軍がテルアビブ空港で乱射事件を起こしたこと?」

「手榴弾が不発で、死にきれず捕えられた男がいたでしょう」

「岡本公三」

「彼は舌を噛《か》んで自殺しないように、棒きれを咥《くわ》えさせられて、立ち上がることもできない高さ一メートルの独房にいれられていたそうだ」

華子は息を呑んだ。ドムは華子より先にいろいろなことを調べてくれたのだろうか。それとも、社会心理学を究めるには、こうした知識は当然であるのか。ドムの胸に顔をうずめながら、華子は独りごとのように呟いた。

「怨讐《おんしゅう》の彼方に、とか、厭なことは水に流す、なんて文化は、たいした苦労もしていない日本人の、ひ弱な美意識かも知れないわね」

＊

それは凄《すさ》まじい日々だった。銃を構えたイスラエル兵に丘の上から見張られながら、高い金網に囲まれたヨルダン川西岸地区のデヘイシャ難民キャンプで、まるで囚われの身のように不自由な生活を余儀なくされているパレスチナの人々。銃を構えているイスラエル兵も、「こんなことはうんざりだ。でも金網を張る前は、年中顔にめがけて大きな石を投げつけられた。だが、彼らに催涙弾をうつのももう厭だ」と嘆いていた。彼は、フランスから入植してきたユダヤ人だった。パレスチナ過激派がいるガザ地区では、極貧の少年たちが、捨てられた古タイヤを燃やして、イスラエル独立から四十年も経つことに怒りの炎を燃やしていた。中東の真っ青な空が、怨嗟《えんさ》の黒煙で燻《くすぶ》っていた。狭いガザ地区を出て、働きに行く毎朝、彼らはイスラエル兵の検問を受けねばならず、自由はもとより、飢えを凌《しの》ぐわずかな食べ物しかなかった。一人の少年が華子に棒きれを突き付けながら、「これはバルーダ（機関銃）だ。ぼくはフェダイン（ゲリラ）だ」と言った。眼がぎらぎらと光っていた。

そのときもう一人の七歳くらいの男の子が投げた尖った石が、華子の足のふくらはぎに当たり、かなりの衝撃で思わず倒れてしまった。通訳が慌ててアラビア語で叫んだ。

「この人はユダヤ人じゃない、日本人だ」とでも言ったのか、その子ははにかんだような泣きべそをかき、大きな眼で華子を見つめた。日本人というのが何者なのか、分からなかったに違いないその子が理解したのは、ユダヤ人ではない人に憎しみをぶつけたという失敗なのだった。至近距離だったので、裂けたふくらはぎから血が噴き出した。

「大丈夫よ。たいしたことないわよ」

と日本語で言って、ほほ笑みながらその子に手をさしのべた。

男の子は流れ出る血をじっと見つめて動かなかった。

「さ、手を持って立ち上がらせてちょうだい。ほんとにたいしたことないのよ。でも、ちょっと手をかしてくれる？」

男の子は垢《あか》と埃《ほこり》で汚れきった裸足の足をもじもじさせて、片方の足で、自分のもう片方の足のふくらはぎをこすりながら、それでも寄ってこようとはしなかった。眼だけを伏せて小声でぼそぼそと何かつぶやいた。

「ユダヤ人はぼくらの国や家を奪ったんだよ。盗人《ぬすっと》だから懲《こ》らしめたいけど、ぼくたちには石しかないんだ。間違えてごめん」

といったそうだ。華子のふくらはぎは、翌日紫色に腫《は》れあがったが、華子はどうしてもパレスチナにシンパシーを感じないではいられなかった。日本の四国ほどしかない小さな国にひしめき合う、この憎しみ。もとは同じセム族に生まれた人たちが、なぜこれほど救い難い憎悪でお互いを傷つけあっているのか。はじめてのルポルタージュが華子に与えた感動さえ伴った衝撃は、彼女の存在を根底から揺さぶった。いつか書こう、頭が割れそうなこの動揺が収まったら、絶対にルポルタージュ・エッセイを書こうと思い続けた。

石をぶつけた、襤褸《ぼろ》をまとった男の子のはにかんだ泣きべそが心の底に居座った。

パリ二十区の屋根裏部屋に帰りついた華子は、中東の強い日差しで、ドミニックに負けないほど日焼けしていた。

痛々しく蒼ずんでまだ腫れている足を、じっと見つめて、ドムは何も訊かなかった。華子も何も言わなかった。

「二週間以上だよ。なにかが起こるんじゃないかと、夜になるのが怖かった」そういってしゃがみ込み蒼ずんだ足に手を触れた。

「痛む?」

「ううん、大丈夫」

泣きべそをかきながら、恨めしげに血が流れるのを見つめていた男の子の姿が浮かんだ。

「毎晩、悪夢が押し寄せたんだ。連続ドラマのようにちゃんと前の晩の続きからはじまるんだ。続きものの悪夢なんて世にも不思議な現象だと思わない？」

華子はなにも耳に入らなかった。青年の胸に顔を埋め、細い腕を背中に絡ませてすがりついた。

「ああ、すてき、あなたがいてすてき」

「これ、最高のイスラエルのお土産だな。今までこんなふうにしがみついてくれたことなかった」

その夜、ドムがめずらしく荒らげた呻《うめ》き声をたてた。それはあまりにも低くかすれて吐息のように聴こえた。苦痛がともなった悦楽のようにも聴こえた。悪夢のなかで男が吠《ほ》えているようでもあった。ドムは無我の境地であるかのように、華子の体を抱きしめいつまでも震えていた。それまでドムは声を立てることがほとんどなかった。いつも静かな青年のこの変化に、華子は身体がふいっと透明になるほど高揚した。

朝になっても、ドムは黙ったまま、じっと華子を眺めていた。

「何かあったのね、何があったの？」

「ハンナがはじめてのドキュメンタリーで動揺しているようにぼくにも驚異的な出来事があった」

「いいこと？」

「とも言える」

「いいことのなかに、呻くほどの悪いことも入っているの」

「鋭い人だなあなたは」

「モーリシャスで何かが起こったのね」

ドムはしばらく考えあぐねているようすだった。

「ハンナの身に何か起こるんじゃないかと、毎晩悪夢につきまとわれていた。そのぼくにも、茫然とするようなニュースが届いたんだ」

「でも結果的には、いいことが起こったんでしょう」

「ハンナを知る前のぼくだったら、狂喜して飛び上がっていただろう」

すべてに察しがついた華子は、蒼ざめて押し黙ってしまった。しばらくして、青年の眼の真ん中を見て言った。声が掠れていることにさえ気がつかなかった。

「帰るのね。モーリシャス島に……」

「ハンナ、ぼくの大事なハンナ。君の答えがノンであることも分かっている。ぼくは夢のなかで、君としっかりと手を握り合って島を歩き、極彩色の熱帯魚のなかを二人で泳ぎたかった」


遅い朝が昼になり、燦々《さんさん》とかがやく陽光の中で、青年の眼のなかに今まで日中には現れなかった、うっすらしたブルーグリーンの色合いがゆれた。

「ドム！　外に出ましょう。シャンゼリゼの下のほうに公園があって、そのはじまりに『ル・ノートル』があるの。あそこでブランチを食べましょう。こんないいお天気に家にいるのはもったいない」

華子は、なにも考えたくなかった。なにも考えないで、ただパリの町を二人で歩きたかった。

メトロをルーヴルで降りて、チュイルリー公園の木立の葉影を縫って固く手をつないで歩く二人を、明るい陽光がまばらに染めた。ドムは華子の足をかばって、腰に腕を回して支えながら歩いた。パラソルをさした庭テラスのテーブルでも二人はからんだ指を離さなかった。

「弁護士から、勝利が間近になったので帰ってほしいと言ってきたのは、皮肉なことに君がイスラエルへ発って間もなくのことだった」

「行ったの？」

「君が危険かもしれない仕事に出かけている時に、どうしてもここを離れたくなかった。そのまま長引くかも知れなかったし……」

華子の瞳が濡れて来た。

「西田さんに相談したら、ぼくの代わりに行ってくれた。ぼくの逡巡に相当、苛々《いらいら》したらしい。こんなふうに拗《こじ》れた事件に待ったをかけたら、お終《しま》いだよ、と言って翌日発ってくれた。すばらしい人だ」

「彼が行けば、上手くいくに決まってるわ。そうなの、そんな大事なことがあったの。

で、彼は帰って来たの?」

「委任状は書いたけれど、ことは複雑らしい。一度帰ってきて、おといまた行って、ぼくの行くのを待っている。サインだけじゃなくて、いろいろなことがぼく待ちになっている」

彼の眼は希望と絶望で揺れていた。

「長くなるかもしれないのね。もしかしたら、わたし、仕事を辞めなきゃならないかも知れないわね」

「そんなことにはしない。君が夢中になっている仕事をとりあげるなんて、ぼくはそれほど愚かではない」

「でも、そのぐらいの覚悟がなければ、今のわたしにはパリを出ることは出来ない」

ドムの眼がじっと華子を見つめた。

「答えはノンでもいい。でも今夜一晩くらい考えてくれる? ぼくが行けば案外早く片づくかも知れない。二人で、パリへすぐ戻ってこられるかもしれない」

その夜。華子はまんじりともしなかった。

事の決着に付き合うだけなら、休暇をとればいい。けれど、そんな軽い簡単なことではないくらい分かっていた。ドムと離れて暮らしたくはなかった。もともと燃え上がるほどのパッションがあったわけではない。身悶《みもだ》えするほどの恋でもない。ただ、またとないだろう素晴らしいハーモニーがあった。知性も知識も、森羅万象への感じ方、考え方が同じレヴェルだった。これほどのパートナーには二度と会わないだろうと思った。

でも、極彩色の熱帯魚のなかを泳いで、わたしはしあわせかしら。ことし五十歳になる母が、大勢のお弟子さんに囲まれて、裏千家の茶道と正真古流の生け花で生計を立て、その間、持ち前の明るさで、パリに派遣されている一人娘を、けなし交じりで結局は自慢している様子が眼に浮かぶ。華子の父親は、彼女が中学三年生のときに過労で亡くなり、以来、母の末世《みよ》一人の手で大事に育てられて来たのだった。

「ハンナ、一睡もしないと言ったけれど、凄く寝がえりを打ったし、ものすごく寝言を言っていたよ」

ドムが華子の大好きな低い、静かな声で言った。この声を聴けない日々が来るなんて、我慢できるはずがない、と華子は思った。

翌日も、前日に輪をかけたように雲ひとつない晴れやかな青空が広がっていた。胸に、償いようのない痛みや切なさがあった。それを振り払って、駄々っ子のように無造作な明るさで華子は言った。

「今日はフランス革命が起こった、バスティーユ広場から、カナル・サンマルタンあたりを歩いてみたいわ」

ドムは微妙に曇った笑顔で腫れのすこしひいた華子の足を見ながら頷《うなず》いた。笑顔に隠された焦燥は痛いほど分かっていた。今すぐにでも華子を連れて空港へ駆けつけたい衝動を抑えて、頷いてくれるドムに抱きつきたいほどの恋しさを感じた。

サンマルタンは運河で、セーヌ河の合流点にある橋が左右に開く。水位を調整して荷物船が運河からセーヌに運航するのをパリに来た当時に見たことを思い出したのだった。築地で生まれた華子は、その風景に、勝鬨橋《かちどきばし》の跳ねあがる姿をだぶらせていた。

けれど、ドムと立ってみたいのは運河のどこかに風情よく架かっている太鼓橋だった。どうしてもそこに立ってみたかった。さんざん歩いて、その橋の真ん中に二人が佇《たたず》んだとき、嘘のように晴れていた空が突然模様替えをはじめた。

まだ早い昼下がりだった。まるで二人の揺れる心を更に揺さぶるように、濃淡様々な黒雲がむくむくと湧きだした。

「雨になるかもしれない」

「でも、黒い雲の重なりから差す日差しはきれいだわ。さっきまでの晴天よりドラマチックですてきだわ」華子の声が掠れた。

「家へ帰ろう。ぼくたちの家へ帰りたい」

ドミニックが切羽詰まった表情で言った。とりすがるような、祈るような必死さが籠った顔は蒼ざめていた。

二人を待っていたように、アパルトマンの螺旋階段の上り口に、空のエレヴェーターが止まっていた。狭い空間のなかで身を寄せ合いながら、ドミニックが華子を抱きしめた。

「すてきな二日間だったよ。忘れられない時間だったよ」

「ドム……モーリシャスで一生の大事が待っているというのに、二日間も歩かせて、ごめんなさい。でも、わたしにはこの時間がとても大事だった。ありがとう」

華子は、じっと、ドムの眼を見つめた。

「分かっているよ。ハンナの答えはノンだね」

「わたしは楽園向きの女ではないと思う。荒地が似合う人間だと思う」

思いあまって掠れた声が、さらにひび割れた。

「ぼくを待っている楽園は、しばらくは風雨が吹きすさぶ荒地かも知れない。そんなところにハンナを連れ出そうと思ったぼくは、君がはじめに言った通りエゴサントリックな男だったかも知れない」

屋根裏部屋にある小さな二つの窓から、黒い雲を縫ってきらめく細い光が差し込んで、幻想的な雰囲気を作り、『二人の家』を一場の舞台のようにした。ドミニックの瞳に淡いブルーグリーンの色合いが溢れて来た。

「ドム、お茶が飲みたい。コーヒーじゃなくて、あなたの紅茶を淹れてくれる?」

華子の頼みに助けられたように立ち上がったドミニックの背中にも細い陽光が跳ねた。その陽光の中にドミニックが消えていく幻想がわき、華子は蒼ざめた。

「ハンナ、この不思議な光のなかを、ちょっと歩いてくる。晩飯はこの界隈で食べよう。ロケハンがてらに散歩してくる」

紅茶には手もつけずに、ドアを開けたドミニックの後を追った華子を制して、さっき乗って来たエレヴェーターがそのままあるのに、彼はじっと華子を見つめたまま、軽やかにひしゃげた階段を降りて行った。エレヴェーターの箱に視界を邪魔されないところまで送って、華子が低い声で言った。

「わたしの顔を見ないで、足元を見て降りてよ。この階段年代ものだから、滑って危ないわ」それでも彼は、ハンナの顔を見続けて降りて行った。滑るように、流れるように。

「チャオ、ハンナ。ア・トゥッド・スゥイット！（すぐ戻る）」

下まで降りた青年は、華子の顔を見たまま片手をあげて、黒雲の切れ目を縫って地上を刺す、妖しいほど美しい光の縞《しま》のなかへ出て行った。

華子が、パリで南の島から来た男、ドミニックの姿を見た、それが最後となった。

ぎごちない隣人愛のようにして始まった二人の仲は、さまざまな景色のなかで姿を変えていった。華子にとっては、はじめての恋だった。その恋が頂点に昇りつめた時、男は、町に散らばる鋭い光の縞に溶けるようにして、消えていってしまったのだった。

*

二十三年という歳月が、それなりに重く過ぎて行った。

その日、福島県にある大きな体育館前の広場に、数台のトラックが止まっていた。海外からの援助物資が多かった。二〇一一年三月の東日本大震災から二カ月弱が経っていた。被災地では、物資の梱包《こんぽう》を迅速に解き、散らばった各避難所に配る人手の不足に悩んでいたが、この日は週末のせいか、大勢のボランティアが集まっていた。そのなかにひときわ背の高い、筋肉質にしまった体を機敏に動かして能率よく働く一人の青年がいた。

彼がふと援助物資に記された提供国に目を止めた。さらに送り主の個人名に目を落とした青年は、満杯に積まれている荷物を、一つ一つ大事に担ぎ出して並べ、おおきく息を吸った。澄みきった大きな眼を長いまつげが縁取っていた。この提供者の支援物資は、トラックで二台分あった。青年は、体育館での仕事を早めに切り上げバイクに跨《また》がった。震災からほどないこの時、瓦礫《がれき》がすべて片づけられていない道を走るにはバイクしかなかった。

青年は障害物を巧みによけながらも、時折、タイヤが瓦礫にはまって倒れかかった。それでも、背中をかがめ、あらん限りのスピードで走った。

小名浜《おなはま》に近い場所で、津波に中味を全部流されて、空洞になった三階建てのビルが傾いて幅広の川に跨がっていた。その向こうにも川に打ち上げられている大きな漁船があった。海からはかなりの距離がある場所だった。

そこを過ぎて、ほんの少し前まで、賑やかな町であったろう地区が髑髏《どくろ》のような姿で視界に広がった。処どころに、中身が流されて空洞になったビルの骨組みが、ひん曲がり、かろうじて立っている。その上に、逆方向に倒れている上階部分の残骸を載せていた。ポッンポッンと傾いだまま取り残されている廃墟に、流されてきた人の、引き裂かれた衣類がひっかかって、風にそよいでいた。

一人の人物が、腿《もも》まで覆うゴム製の長靴を履き、開いた両足を瓦礫に埋めながら撮影をしていた。ヘルメットを被ったそのカメラマンは助手もつけず、一人ですっくりと立っていた。肩に担いだカメラは、幽霊のような町の残骸を、ゆっくりとパーンしていた。

辺り一面に異様な臭いがしていた。町が大震災によって死んでいった、肺腑《はいふ》に沁《し》み入るいやな臭いだった。風が吹きすぎる音以外は、無音の世界が、ある幻音を立てている。耳が痛いほど音のない世界の、むせび泣くような、いのちが軋《きし》むような恐ろしい声。突如として生活が断たれた家々の、人々の、地から湧き出る低い呻き声なのだ。その呻き声に突然現実音が入って来た。

バイクの近づく音だった。

その姿を認めたカメラマンは、肩にかついだ撮影機をはずして、バイクに向かって歩きだした。仕事柄なのか引き締まった体の動きがなめらかで無駄がなかった。バイクに近づいたそのカメラマンは男ではなかった。女性だった。やわらかいほほ笑みをたたえるそのカメラマンは、浅い小皺を眼元に刻んだ、四十八歳になった藤堂華子だった。

瓦礫の上にバイクを放りだした青年が、足場を拾いながら華子に向かって駆けよってきた。

「島から大きなトラック二台の援助物資が届いた！　すごく、うれしかった！　ぼく行きたい。会ってお礼が言いたい。ママは逢いたくないの？　ぼくは逢いたい。大好きなあの人に逢いたい！」

華子は彼女独特の、ほほ笑みをひろげた。しかし、昔と違って、その笑みには、花が咲くような、無垢で明るい、見る人がつい惹きこまれてしまった魅力は失せ、歳月が刻んだ深い翳《かげ》りが潜んでいた。

興奮気味の青年の語気に、華子の顔からほほ笑みが消えた。

「きっとよろこぶわよ。大学入学の報告に行ったときも、これまでも、いつも短い逢《おう》瀬《せ》だったものね」

ことさら逢瀬という言葉を使う華子を、青年は、彼なりに複雑な思いを籠めて見つめた。

報道という仕事に、これほど精魂こめて向き合う華子を、青年は理解しかね、その思いを何度もぶつけて来た。それが、愛する人と人生を共にする、この世でいちばん尊いしあわせを、放棄してまで貫く価値がある仕事なのか……。

イスラエルでのドキュメント取材をきっかけに、華子の仕事は新聞よりも、テレビ局がメインになった。フランス語圏は言うに及ばず、宗教間、もっとひどい同族間の血で血をあらうような紛争を取材した華子は、憎しみと非寛容が引き起こす生き地獄を見た。

人間は無視されることに、他のいわれなき嫌悪や、差別よりも、もっと深い傷や、屈辱を負うことがある、それを身に沁みて感じ取った歳月だった。

そして、人間の魂の尊厳までを打ち砕く、あらん限りの偏見や、暴力を受けた人々の痛みに、心からの同情を持つ華子は、しなやかに強い女になっていた。その華子を、青年はじっと見つめた。

「ぼく、行きたいんだ。どうしても行く」

言い募る青年に、華子は、蒼ざめたほほ笑みを浮かべた。

「行っていらっしゃい。ドムがどんなによろこぶか、眼に見えるようだわ」

「姓はウッダウラ、名はドミニック」と、お茶目な笑顔で自己紹介をした男。南の島からやってきて、冗談のように、ある日突然華子の前に現れ、そして消えていった、二十四歳のドミニック・ウッダウラを、華子は華子流に、生涯、愛し続けた。

華子は、顔や、姿だけではなく、頭のよさも、心根の清らかさや、やさしさも、父親にそっくりになった、いまの徒夢《トム》をドムに送り届ける義務が自分にはある、と思った。ドムは今も徒夢の養育費を送り続けて来ているのだった。はじめての時、驚いて返送した華子に、ドムは短いメッセージをいれて再送金してきた。

潔い、ニッポンのサムライ魂は、ハンナには似合わない。離れて暮らす最愛の息子に、せめて養育費を送るのは、父親としての義務であるばかりではなく、立派な権利です。いとしいハンナ、あなたの数ある「欠点」に、強情という始末に負えない一項を増やさないでほしい。ハンナ、ぼくのさびしさを、これ以上深間におとさないでほしい。


華子はその短い手紙を、大事に胸の奥に秘めている。

徒夢の眼をじっと見つめて、もう一度言った。

「行っていらっしゃい。でも……できたら……帰ってきてね」

「どうかな、向こうで西田のおじさんと開いたテレビ局、ローカルだけれど、とても評判がいいし、忙しいんだよ。帰りたくなくなったら、どうしよう」

青年の謎々をしかけるような、お茶目な問いかけに、華子は笑わなかった。

「そういうことになる日がいつかくるかもしれない。ドムのようにチャオと言って、消えてしまう日が。あなたの人生に向かってわたしを去って行く日。覚悟は出来ている」

今度は徒夢が華子の心の底を覗きこむように、じっと見つめた。

「そんなこと言って……いいの？　どうしてなの？」

「ずうーっと、思っていたことを言うのが、今なんじゃないか、と思ったの」

華子は徒夢には包み隠さず、若き日の徒然《つれづれ》に似た夢のようだったものがたりを話していた。

「だからぼくの名前は徒夢なの？　徒然なる日々のなかで生まれてしまったの？」

まだ中学生になったばかりだったそのときの徒夢は、厳しい顔で問い質した。

華子はほほ笑みながら、ゆったりと首を振った。

「つれづれには、人生の、いろんな含みがあるのよ。それに、ドムから濁点をとったトムにしたかった」

「なんだ。そっちのほうが分かりやすい」と、徒夢は言った。


いま、東日本大震災の傷跡が、まざまざと残る瓦礫に立って、

「ぼくは行く。どうしても行きたい！」

と訴える青年の真に迫った願望に、少し青ざめた華子は、笑いながら「行っていらっしゃい」と告げたのだった。長年抱えていた《覚悟》が弾けたのだった。

過ぎ越した二十年余りの、歳月と、そこに絡まった、さまざまな自分自身の葛藤《かっとう》。

仕事に対する異常なほどの情熱が、果たされない夢や、あきらめを、時には無理に正当化してきた。差し伸べてくれた愛の腕を避けて、女の細腕ひとつで暮らしてきたこだわりの重たい枷《かせ》が、青年の真剣な懇願の前で弾けた。

華子はカメラを瓦礫の上に置いて、青年の肩を抱きしめながら、この二十三年をふり返っていた。

＊

人生というイタズラものは、思いもかけないオツな驚きや感動をもたらしてくれることがある。意図せずもたらされたその運命を、どう受け取るか。華子は、多難で孤独な道が潜んでいるかも知れない未来をはっきりと見極めながら、かぎりないしあわせに、身も心も添わせて、天からの到来物をしっかりと抱きしめた。

「チャオ、ア・トゥッド・スゥイット（すぐ戻る）」と言って黒雲の間から洩れる、妖しいほどうつくしい光の縞のなかに去って行ったドムは、十カ月経ってから、戻って来た。トム（徒夢）と名付けた男の赤ちゃんになって……。

一九八九年のぼたん雪が降る寒い日だった。予想だにしなかった、このうれしい贈りものを抱きしめながら、窓に降りかかる大きなぼたん雪を眺めた。雪ではなかったが、みぞれ混じりの冷たい雨が降るノートルダム寺院前の広場で、青いビニールシートを張って、座り込みストをやっていたクルド人。その取材に、肝心なカメラを忘れた華子の後を追って駆けつけてくれたドム。凍えた肩を寄せ合っているクルド人に、冷たい雨と強風で荒れる広場を走って、あたたかいクレープや飲み物を運んでくれたドム。ビニール・テントの脇に立てかけた板に貼ってあった、あどけない少女の写真も撮ってくれた。遊びながら、フセインの化学兵器で虐殺された五歳ぐらいの女の子は、笑顔のまま死んでいた。

なにかにつけて、それとなく、華子の取材を助けてくれたドム。涙がでるほどなつかしい過去が、華子のこころに満ち溢れた。

同時に徒夢が生まれてくるまでの、十カ月間の辛い逡巡にも思いを馳せた。それはこんなふうにして始まった。

ドムが去り、屋根裏部屋に漂っていた、モーリシャス島のほろ苦く甘い紅茶の香りが消えていったときだった。さびしさのなかで、華子は体の変調に気が付いたのだった。わたしの中に、ドムが戻ってきたのだ、と確信するのに時間はかからなかった。それは、驚愕にちかいショックだった。頭が真っ白になった。

あのとき「ノン」と言った自分が揺れた。

すぐにでも、モーリシャス島に行くか、せめて、手紙で知らせたい。電話番号は西田に訊けば分かることだった。でも……でも……と華子は迷った。悩みぬき、ひどいノイローゼに陥った。やがて、いくばくかの平静さが戻った時、ドムと過ごした一年近くの日々は、繰り返してはいけないお伽噺だったのだ、と、自分に言い聞かせた。それでもこころに渦巻く嵐は猛った。

あのときの「ノン」をいま、「ウイ」に変えたら、たぶんわたしは壊れる、と思った。熱帯魚と戯れる徒夢。それを見つめるドムとわたし……。夢のような光景がうっとりとひろがり、ドムの胸に顔を埋める自分が見えた。それはすばらしく穏やかなしあわせだろう。……けれど、わたしは壊れていくに違いない、と、迷うこころを自分で律した。

モーリシャス島には行ったことがない。けれど、同じインド洋の北にある、セイシェル群島の、無数に散らばった島々を二週間にもわたってゆっくりと見物した経験があった。希望する中学に入学できたお祝いにと、まだ健在だった父親がはじめての夏休みにプレゼントしてくれた、母と二人で参加した「インド洋の島めぐりツアー」だった。底がガラス張りになった遊覧船から見た、紫と黄色の縞や、真っ赤な体に青い斑点をつけた熱帯魚たち。その間を悠然と泳ぐ鮫を見て、ぎゃあッと沸いたツアーの人たち。バスもタクシーもなく、たまさか通るトラックの両側に粗末な床几《しょうぎ》があり、道端で手を上げれば、止まって腕をひっぱりあげて乗せてくれた。青く澄んだ海や、椰子《やし》の葉を燃えるような炎で染める夕陽は日本の入陽より三倍も大きく見えた。記憶に残る楽しかった日々。それはヴァカンスという、限られた祭り日だからこその賑わいだった。

あの夢のような日常のなかで、変わってゆく自分が怖かった。日本とも、ヨーロッパとも異なる、インド洋のクレオル文化に馴染めない自分を、せつなく見つめるドムの不幸が怖かった。その不幸のなかで、薄れていくに違いない愛が惜しかった。わたしはわたしらしい道を往く。選んだ報道の道を続ける……と覚悟するまでの不眠の日々。それから後の現実の生活への不安も大きかった。長い取材旅行で、パリを留守にしなければならない時、このいとしい赤子は、母無き日々をどうして生きてゆくのだろう。ベビーシッターを頼むことは考えるだけで鳥肌が立つほどいやだった。

そんなとき、徒夢誕生の知らせを受けて、茶華道の教室をたたみ、日本から、母の未世が飛んできてくれた。涙が出るほどうれしかった。未世はさっぱりとした明るい性格で、物事をすべてポジティヴに考える人だった。徒夢の誕生をこころから喜んでくれた。生後三カ月になろうとしていた徒夢も、すぐ未世になついた。

その母に伴われて、出産後はじめて局に出た。ちょっと照れ臭く、ちょっと誇らしい笑顔で徒夢を抱いた華子を、職場の同僚たちはおおむねやさしく見守ってくれた。大胆だな、とショックを受けた仲間もいた。

「いよいよ、インド洋の楽園住まいか……」と、局長が残念そうに呟いた。

華子は大きな眼でじっと局長を見つめた。こころの揺れに決着をつけるように、ひとつひとつ区切るように言った。

「いいえ、このお仕事を、続けさせて下さい」

嘆願するような華子の言葉に、局長は困惑の混ざった眼差しで、母親の未世に視線を移した。

「私がついていています。お仕事に支障のないように、一緒に暮らすことにして、日本でのいっさいを清算してまいりました」

こうした母の愛情に華子はあらためて胸が詰まるほど感動した。あれほど愛していた茶華道の教室や、一人娘がパリから帰ってこないさびしさを、賑やかに取り巻いてくれていたお弟子さん達。それらすべてを断ち切って、言葉も分からないパリへと来てくれた「母」なる人の無償の愛……。首もかなり据わってきた徒夢を抱きしめながら、わたしもこの母に負けない愛でこの子を一人で育てる、と心に誓った。そして、与えられた充分な育児休暇を過ぎると、華子はがむしゃらに働きだした。そうしないではいられなかった。未世がいてくれるからこそ、出来ることだった。

徒夢は日一日と、かわいらしく、成長していった。言葉にはならない声をあげ、未世と華子にあやされながら、明るい笑い声を絶やさなかった。ドムの去った後のガランとさびしい屋根裏部屋に春風が吹き流れ、まぶしいほどの光が溢れた。

度々、訪ねてくれて、その様子を見守っていた西田が、この人にしては、珍しいほど生真面目な顔でしみじみと言った。

「これは、ドムに報《しら》せるべきだよ。ぼくは明後日、島に発つことになっている。島の事業もいま、大変な時なんだ。ほんとうなら、華子さん、いや、ハンナ、あなたが徒夢を抱いて、行くべきなんだ」西田は故意に、ドムが華子を呼ぶ時に使った、ハンナ、という呼び名でいった。

「会社の御親切で、過分なほどの休暇をいただいた後ですから」

西田という人物との関わりを、まだよく呑み込めない未世が、遠慮がちに言った。

「いや、それとこれとは別です。ドムにとっては重大事です」

「わたしにとっても重大なことなんです。お願いです。もう少し待ってください。『すぐ戻る』と言ったのに、そのまま去って行ったドムには、ドムの、やはり重大な事情があったのです」

「華子さん！　まさか。恨んでいるんじゃないでしょうね」

「とんでもない！　わたしは自分を責めているんです。一刻を争う事情を知っていながら、二日もパリに引き止めてしまった。彼が、あのままここへ戻ってこないことは察していました」

「胸が裂かれるようだったと言っていましたよ。最後の晩餐をこの界隈でしたいと彷徨《さまよ》っているうちに、空港に着いていた。タクシーに乗ったことも憶えていないほど、気が動転していたらしい……」

「分かっています。申し訳ないけれど、ドムのことは西田さんよりも、誰よりも、わたしがいちばんよく分かっているつもりです。ですから、もうすこし、わたしの気持ちが定まるまで待って下さい！」

「気持ち？　何のための、何の気持ち？」

「西田さんの分からず屋！　わたしの気持ちを分かってもらおうなんて思いません。わたしにでさえ分からない気持ちを、なぜ西田さんに分かるように話さなきゃならないんですか！」

語気の荒い二人の話を徒夢はキョトンとして眺めていた。未世も居心地が悪そうだった。その様子に西田らしく、場の雰囲気を瞬時に変えるような、彼にしては珍しいアクセントで言った。

「華子さん、ぼくはキリスト教だけじゃなく、宗教ってものを持ったことのない人間だけど、あなたの気持ちが定まり、ドムが笑顔で、この子を抱き上げる時が来るまで、ぼくをその……、ゴッドファーザーとかいうものにしてくれないかな」

華子は、西田の提案には答えなかった。かわりに、あからさまに胡散《うさん》臭い顔をしてから、ちょっと西田を睨《にら》んで言った。

「西田さん、ほんとのお生まれはどこ？」

西田はへっと笑った。

「相変わらず厳しい指摘をする人だな。手前、生国と発しますのは、お江戸もいささか小粋な浅草。浅草寺を飾る、寺前商店街の横っちょにある、人情篤《あつ》き、名もない長屋に産声あげた、口も八丁、手も八丁の西田昇平《しょうへい》でござんす」調子のいい口上に噴き出しながら、華子も負けずに混ぜっ返した。

「怖い人。おっかない人！　時々使っていた訛りはつまり騙しだったんですね」

未世が、怪訝な表情で、娘と、不思議な存在感をたたえる西田をみくらべていた。

「でも大学は関西だし、もともと外国語に強いのは、アクセントに馴染み易いものを持っている、つまり、音に関して頑《かたく》なじゃないんですよ。柔軟なんですよ、柔軟。なんでもすぐ、身についちゃう」と、また関西弁のアクセントに戻った。

「奥さまの聡子夫人のお生まれは東京でしょ。でも大学の四年間を過ごしてどうして関西訛りが全然ないんですか」

「あの人は、なんににも馴染まない人、自分が固まっちゃっている人」

それから、末世に敬意を表するためか、少し改まって挨拶のような、彼独特の人生観のようなものを語った。

「ぼくはお嬢さんに首ったけでしてね。ところが、華子さんには素晴らしいパートナーがいた。徒夢の父親です。これがちょっと、じゃないな、大変いい男なんです。自分でも気づいていない才能を満載している男です。それで、もともと興味の対象が節操なく千変万化するぼくは、この男にも惚れこんでしまったわけです」

そこで、末世がすでに知っている華子とドムのいきさつを、実に簡略に、適当に美化したレジュメで披露した。華子はあらためて西田という男の頭のよさと心の温かさを知った。

「……というわけで、ぼくは今、パリの情報会社と掛け持ちで、観光とか繊維会社の経営にあまり興味のない彼の補佐役をしています。これからの二人の夢は、あの島にローカルでもいい、小さなテレビ局を創設することです」

二日後、西田はモーリシャス島に発って行った。

屋根裏部屋を去るとき、赤ん坊は、自分を抱き上げ、手を握りながら「チャオ！かわいいモンスター」と言って笑った西田の頰を、ピチャピチャと叩いて声をあげて笑った。そのあどけなさが堪らなく愛らしく、華子の「わたしの気持ちが定まるまで待ってください」という懇願を守るのは難しいと思った。

その危惧は見事にあたった。島に着いた途端に、華子の願いをあっけなく欺いてしまった。そうすることが自分の義務であるとしか思えなかった。ドムの驚きと、喜びようは、西田が困惑するほどだった。

父親が興した事業が、身内の陰謀でかなり荒れ果て、収拾にはまだ時間がかかるその時、ドムはすべてを投げ出して、パリへ飛んで行きそうな気配をみせた。

＊

仕事が終わると、一目散に末世と徒夢の待つ屋根裏部屋に帰っていた華子が、ある日、テレビの局長室へ呼ばれた。二度目のイスラエル行きを打診されたのだった。先回のルポが視聴者にも好評だったことから、当然のこととしての人選だった。華子に選択の余地はなかった。

今回は右派リクード党党首の首相、イツハク・シャミールと、シモン・ペレス外相、ベツレヘムのパレスチナ人市長のインタヴューという、困難で重いミッションだった。

独立イスラエルが誇る「キブツ」の取材もあるので、一カ月近くパリを留守にすることになる。

華子は、はじめての自分の長い不在を、生後六カ月にも満たない徒夢が、どう受け止めるのか不安でならなかった。

「大丈夫よ。徒夢はママが二人いると思っているわよ。昼間はいつもいないんだから」と未世は、かなりあっさりと言った。

その思惑は当たらなかった。夜、華子が帰らない日が続くと、徒夢は神経質になり、未世の顔を見て泣きだすことさえあった。

ちっちゃな手を握られ、あたたかい胸に顔をうずめて、口に含んでいた乳房が、突然、消えてなくなり、未世の手で哺乳瓶が与えられると、徒夢は、のけぞってむずかった。華子は、局長に許しを得て、可能なときは仕事中も授乳時には、急ぎ徒夢のもとへ駆けつけ、母乳で育てることをモットーとしていた。正直に言ってそのことが、仕事を続けるうえでの、未世と華子のおおきな心配ごとだった。

よくしたもので、空腹にはかえられず、徒夢も次第に華子不在の生活や、哺乳瓶に慣れていった。

不承不承、受け入れている徒夢のあきらめに似た幼い面差しを、未世は、切なく見守るしかなかった。

そんなある日の午後、玄関のベルが鳴った。華子がいるときは、仕事仲間や、西田がよく訪ねてきたが、この数日ベルが鳴ることはなかった。不審に思う未世は、「突然で失礼ですが、西田です」と、聞き慣れた声に、安心してドアを開けた。

そして、息を呑んだ。

眼の前に、眼のうつくしい、琥珀色の肌の青年が立っていた。

後ろに立った西田が隠れるほど、背の高い、清々しい様子の青年を見て、未世は、しばらく声も出なかった。

「あの……」口ごもる未世に、握手の手を差し伸べて、青年は言った。

「ウイ、お察しの通りです。ぼくがドミニック・ウッダウラ、トムの父親です。突然、お伺いした失礼をお詫びいたします」

華子から幾度となく聴かされていた、ほっそりと姿のよい青年が、そのまんま、未世の眼の前に立ったのだ。

ドムは西田から、未世が英語は分かると聞いていたので、きれいなキングス・イングリシュで、ゆっくりと話した。

華子の懇願にも拘らず、トムの誕生を自分に報せてくれた西田の想いを分かってほしい、と丁寧に詫びた。

未世は眩暈《めまい》を感じるほど、動転した。女二人と赤子の緊張した暮らしに、やわらかく、あたたかいしあわせが訪れたのか。若々しく、精悍《せいかん》そうなドムの不意の出現が、すべてをよい方向に変えるものと、未世は願ったに違いない。

未世に抱かれていた徒夢が、急に、身を乗り出してもがきだした。その徒夢を、未世がドムに差し出すのと、ドムが堪《たま》らずに両手を広げて徒夢を抱き取るのが同時だった。徒夢は、きゃッ、きゃッと歓声を上げて、ドムの胸にしがみつき、手足をばたばたとさせて喜んだ。

「本能なんだな、分かるんだな」西田が感無量の声を忍ばせた。知らぬ間に、若い父親となったドムは、しがみついてくる我が子を、壊れものでもあるかのように、そっと、熱く抱きしめた。感無量の双眸《そうぼう》に涙が溢れ出た。

＊

一方、イスラエルに行った華子は、前回と同じように、空港のイミグレーションで、長い尋問を受け、特に、首相官邸の入り口では、一人の男が、おもむろに検閲の口火を切った。決して体を調べず、矢継ぎ早の質問を、低い静かな声で長時間浴びせる。やっと終わったと思ったら、もう一人の検閲官が現れ、前の担当者と全く同じ質問をやはりうんざりするほど長時間、低い無表情な声で続ける。それが三回続いた。こちらの答えが少しでも前に言ったことと異なったり、辻褄《つじつま》が合わない時は、首相へのインタヴューは、その場で破棄されるということらしい。

通された、細長い簡素な会議室のような所に、イスラエルの旗を背にして、イツハク・シャミール首相は立っていた。左右に平服の護衛官であろう二人が、にこやかに立っている。その感情のこもらないにこやかさは、硬い警戒心のあらわれのようだった。

首相は、背の高い二人に挟まれて、彼らの肩まで届かない、小柄な全身に、辺りを払う強靱《きようじん》な雰囲気と、辛苦をかいくぐってきた人の、やわらかさも湛《たた》えていた。

インタヴューが始まると、首相は、粗末な椅子に、短い背中を分厚く立ててどっしりと座った。『嘆きの壁』を背負っているようにさえ思えた。インタヴューは、始まった。

言葉の端々に（死して譲らず）という気配を滲《にじ》ませながら、

「私はユダヤ人として呼吸し、ユダヤ人として眠り、ユダヤ人として食する。我々には、この狭い土地しかない。この広い世界には二十二ものアラブの国がある。パレスチナには行ける先が二十二カ国もあります」

予定された時間を越えて、四十分近い会見が終わった時、彼の主張には納得できない部分もあったが、華子は、古武士のようなこの人物に、圧倒された。計り知れない覚悟と、ユダヤ人としてのかたくななほどの誇りを感じた。

その姿が、先回のルポの時、ガザで自分をめがけて投石した、襤褸《ぼろ》を纏って、泣きべそをかいた、ユダヤを憎むパレスチナの男の子の姿と重なった。こころに滲《し》みるこの二つのイメージの間には、積年の憎悪があった。

ペレス外相は、シャミール首相より物腰はやわらかいが、眼が鋭く、度し難いものを感じさせた。アラブ人であるのにキリスト教徒であるベツレヘム市長は、英語での会話を望み、華子は自分の英語力が落ちたことに冷や汗をかいた。

三人の大物政治家のインタヴューが終わっても、華子には、まだ二カ所にわたる「キブツ」の取材が残っていた。何も育たない荒野を、立派なオレンジ畑に耕し、育ちの早いユーカリの樹を植えて、木陰を配し、世界中から集まったユダヤ人入植者が開拓した、農業共同体「キブツ」は、逆境にめげないユダヤ人たちの底力が作った見事な農園だった。

けれど、国を侵されたパレスチナは、ヨルダン川西岸地区では、難民同様に金網に囲まれ、ガザでは限られた狭い土地から、許された市場に行商に行くにも、朝晩、イスラエル兵の厳しい検問を受ける。この不幸が解消される日まで、無益な報復合戦と、両者の死が累々《るいるい》と続くのだろう。

ルポに全精力を注ぎながらも、華子は、パリの屋根裏部屋で自分の帰りを待つ、未世と我が子を思い、胸が痛かった。これからもよちよち歩きをはじめる徒夢を、四六時中抱きしめていることは出来ないだろう。自らが選んだこの道に、臍《ほぞ》を嚙む思いをする日々でもあった。

その同じとき、パリ二十区の我が家で、島での急務をなげうって駆けつけたドムが、徒夢を抱きしめているとは、夢にも想像できなかった。

局を通じて華子に報せよう、という西田の提案をドムは断った。難しいテーマを課されて、懸命にそれを遂行している華子に、動揺を与えたくなかった。とは言え、ハンナに逢えない無念は耐えがたく、ドムは未世と徒夢を連れて、イスラエルへの旅行を画策した。しかし、この時期、イスラエル入国は簡単なことではなかった。モーリシャス島でも、ドムの長い不在は、不都合なものをはらんでいたかも知れなかった。それでも、ドムは華子不在の屋根裏部屋で、十日間、徒夢と一緒に過ごした。徒夢のよろこんだ声、はしゃいで上げる笑い声を、ドムも、未世も複雑な想いで見守っていたに違いない。

後ろ髪をひかれる思いでパリを去る日、しがみつく徒夢を、エレヴェーターの前で未世の腕に返しながら、ドムは遠慮がちな面持ちで提案した。

「ここは、ぼくにとっては、忘れることが出来ない場所ですが、親子三人暮らしには不都合でしょう。西田さんに、居心地のいい部屋を探してもらいます」

さわやかな笑顔のこの青年が、パリを去って行かねばならないことに、未世は、こころを乱した。運命のいたずらとしか言いようのない、華子の不在が惜しまれてならなかった。

「お気遣いありがとうございます。華子が帰ってきたらどんなに残念がることでしょう。徒夢が歩けるようになったら、華子が出来なくても、私が必ずモーリシャスへ連れてゆきます」

ドムは、感謝の眼差しで、晴れやかにほほ笑んだ。

「その日を心待ちにしています」ドムは長いこと、徒夢と未世を抱きしめた。思いを断ち切るように、胸を離したドムは、やはりエレヴェーターには乗らず、二人を見つめたまま、すり減った階段を流れるように降りて行った。一年前の、あのときのように。

「足元を見て降りて下さい。この階段年代物で滑ります」

「親子ですねえ。ハンナも同じことを言いました」

未世の腕から身を乗り出して、徒夢が、去って行くドムに向かって、きゃっ、きゃっと意味の分からない赤ちゃん言葉を、泣いているのか、笑っているのか判別出来ない、真っ赤に染めた顔で叫び続けた。

ドムが去った後、暫くの間、徒夢はドムの不在にむずかった。

「父親」という存在を、本能的に感じてしまったのだろう。

西田が、その微妙な変化に気づき、華子がイスラエルから帰りついたその日、彼女のもとを訪ねて来た。彼一流のおどけ混じりの説法で、ドムと徒夢、ひいては愛し合う者同士のあるべき姿を、一席打《ぶ》とうと思っての訪問だった。その気配をすばやく感じ取った未世が、徒夢を抱きしめる華子の背中の後ろから、西田に必死な思いを籠めて目配せをした。「そのことは、私から話させてください」というサインだった。すぐに諒解した西田は、からりと笑って言った。

「いや、母親の承諾はなかったけれど、すっかり、ゴッドファーザーになった気分で、徒夢にちょくちょく逢いに来ていたんだけど……ま、親子水入らずの邪魔はしないで、今日は帰りますよ」笑って去って行く西田の顔に、曖昧な恨めしさのようなものがあるのを華子は、見逃さなかった。不審に思った。

未世からドムの来訪を知らされたのは、久し振りの母乳に安堵して、徒夢が眠りについたあとだった。

華子は蒼ざめた顔で、じっと空を見つめ、居間のなかをうろうろと歩きまわった。倒れそうになる体を屋根裏部屋の壁にあずけて、息を呑み、声も出せなかった。

十日間も待ってくれたドム！　徒夢を抱きしめてくれたドム。なつかしい紅茶の香りが、茫然と立ち尽くす華子を包んだ。時間が止まったようだった。

「逢いたかった……」暫く経ってから、思わず出た本音の声は、掠れて聞き取れないほどだった。

「行っていらっしゃい。徒夢を連れて、あなたがモーリシャスへ行く番なのよ」

華子は眼を見開いて、母を凝視した。

「そんな、残酷だわ」

「なにを言ってるの、何が残酷なの？」

「わたしは、ちょっと逢いに行くなんて、いい加減なことは出来ないのよ」

「なにがいい加減なの？」

「ドムがパリへ飛んできてくれたのは、うれしいし、よく分かる。でも、もしわたしがモーリシャスへ行くとしたら、ただの報告や、ましてやただの訪問ではないのよ。パリの生活も、いまの仕事も断ち切って、ドムと島で暮らす覚悟がなければ、だめなのよ。暫くしあわせな時間を過ごして、『では、またね』と言って別れてくるなんてこと、わたしには出来ない」

「そんなに思い詰めなくてもいいんじゃないの。イスラエルで緊張した毎日だったんでしょう。もっと気を楽にしたほうがいいわね。あなたは昔から、一本気で頑ななところがあるのよ」

「ドムと二人でわたしの欠点を暴かれているみたいだわ。昔からの性分は簡単には変わらないのよ」

「徒夢と三人で、ゆったりした時を過ごして、二人でよく話し合えば、思ってもいないい道がひらけてくると私は思うけれどね。自分のことばかりじゃなく、徒夢の将来や、しあわせも考えるのよ」

「そうね……」と、華子は答えた。答えながら、（わたしのドムにたいする気持ちは、もっと深いのよ。頑なと言われるほど、深いのよ）と、こころのなかで呟いた。

その時から月日が流れた。

華子はモーリシャス島へは行かなかった。徒夢の懐妊中に思い巡らせた、『怖れ』

が変わることはなかった。愛する人と一緒でも、働いていない自分を想像することは難しかった。ドム自身さえが馴染めないという事業に、自分が手助け出来ることはないだろう。天国のような楽園の生活で壊れていく自分を、せつなく見つめるだろうドムの不幸を招きたくはなかった。卓越した洞察力を持つドムは、すべてを察しているに違いない、と信じた。

末世は、約束通り、徒夢がよちよち歩きになったとき、西田夫妻に伴われてモーリシャス島へ連れて行った。

その間、ヨーロッパや中東に革命と呼ばれる、幾つかの地殻変動のような動きがあった。

徒夢の生まれた年に起こった、東欧革命と呼ばれるベルリンの壁崩壊などのドミノ式民主化にはじまり、湾岸戦争、ソ連邦の崩壊……。激動のなかで華子は、他国への異動を望まず、出来る限りパリに常駐したい旨を局へ申し出て、認められた。ドムの気遣いで用意された、住み心地のよいアパルトマンにも移らなかった。

ドムと共に過ごした、二十区の屋根裏部屋をローンで買い取り、徒夢が育ちやすいように、彼が快適に暮らせるようにと工夫を凝らして改装した。

まだ、少年と言うにはほど遠かったが、ドムの面影を映す徒夢は、明るく、利発に成長していった。日曜日になると馴染みきった近所の市場へ親子三人で繰り出した。相変わらず、人種の坩堝《るつぼ》のような賑わいのなかで、威勢のいい野次が飛び、華子も機嫌よくそれらに応えた。この町にすっかり馴染んでいる娘を見て、未世は眩《まぶ》しそうに華子を眺めながら言った。

「頼もしくなったのね。でも小さい時から、あなたは元気で頼もしかったわ」

「褒めてくれるときもあるんだ」華子が照れ臭く未世に答えた。


徒夢が来年は小学校というとき、華子は悩んだ。このままパリに居続けては日本語も、日本という国も知らない人間になってしまう。

かわりに、モーリシャス島にいる父親への思慕が深くなってゆく。いっそ、ドムにこの子の将来を任せた方がいいのだろうか……。

かたや、島に帰ったドムは、はじめのうちこそ西田の指導に頼ってはいたが、ここ数年、もつれた父の事業を正道に戻し、いまや父親を凌ぐほどの力量を多方面に発揮する、頼もしい経営者になっていた。通常のパトロン（社長）とはちがい、若くてカッコよく、人情の篤いドムは、島の誰からも好かれ慕われた。

パリ十五区で、アパルトマンの管理人をしていた母親をモーリシャスに呼び戻し、三人のきょうだいや使用人たちを抱える、大家族の主になっていた。

「彼に足りないのは、ハンナ、あなただけだ」と、西田が言った。

その西田が複雑な表情で、ある日、華子に持ちかけたのだった。

「いつまでパリにいるつもりなの。日本に帰ったらどう？　あなたの力量なら個人で制作会社を創っても、立派にやっていける」

華子は驚きのあまり愕然とした。

「わたし、そんな野心はないの。資金もないし、会社なんて面倒臭いものを持つ興味ぜんぜんない」

「興味はあとから湧いてくる。ドムも同じことを言っていた。資金は、まず、この屋根裏部屋を売る。以前と違って、いま二十区は人気のスポットになっている」

「そんなもので足りるわけはないわ。それに、ここはドムと暮らしたわたしのしあわせだった大切な場所なの」

「過去のしあわせに執《と》りすがるなんて、後ろ向きなセンチメントはばかげている。モーリシャスへ行って、今と未来のしあわせを作ろうとはなぜ思わないの」

華子はじっと深い眼で西田を見つめた。

「わたしは楽園向きの女ではないの。ドムは自分の国へ帰って、お母さまも呼び戻し、今や、大家族の家長だって西田さん、さっき言ったでしょう？　そこへわたしが飛びこんだらハーモニーが崩れるわ。仕事を離れたわたしは退屈な女かもしれない。ドムみたいにすてきな男を島の女性たちが放っておくはずがないし……」

「その通りですよ。島の女たちは彼に夢中だ。なかでも一人、母親が気に入っている素晴らしい娘がいる。ドムも好意はもっているらしいけれど、相変わらずのハンナ待ちだ。ハーモニーどうたら言ってないで、ドムの懐に飛び込むか、日本へ帰るか、どっちかにしないとドムが可哀想だ」

　思ってもいなかったことを言われて、華子は息を呑んだ。（わたしがパリにいることが、ドムに錯覚を起こさせているのかも知れない）。それに、彼も好意は持っているという、素晴らしい娘のシルエットがこころの中で膨れあがった。勝手ながら、胸が痛んだ。ひどく淋しかった。

　西田が追い打ちを掛けるように言った。

「徒夢のことをもっと真剣に考えた方がいい。日本を知らずに大人になるのは問題でしょう。あるいはドムに託してクレオル文化のなかで育てるという考え方もある」

「え？」

「未世さんも、いつまでも言葉の分からないここでの生活を続けるのは辛いんじゃないかな」

　華子は、虚を衝かれて茫然とした。西田の説くことは、華子自身が悩んでいることでもあった。

（西田昇平、この人はわたしのなんなのだろう）と思った。妻の聡子が取り乱すほど、「ぼくは、華子さんに首ったけ」と、辺り憚《はばか》らず広言していた西田は、いま、肉親も及ばない熱心さで、ドムや、徒夢、私たちすべてが上手くいくように腐心してくれている。華子はしみじみと西田という男を見つめた。

　貧相だった見かけに重厚さが加わり、中年をはるかに過ぎたいま辺りを払う男の魅力がにじみ出て来た。モーリシャス島のドムの事業は見事に繁栄の坂を登っている。安心したのか、自ら言ったように「興味の対象が節操なく千変万化」して何人ものガールフレンドとその時々を楽しんで、地球の上を駆け回っていた。

未世とモーリシャスから戻り、しばらくして西田夫妻が離婚したのはそのせいなのか。ともあれ、この離婚は、二人をよい意味で解放したと華子は思った。

西田の助言を容れ、華子も、自分の転機を悟った。

「ハンナ待ち」は西田特有の想像かも知れないが、ドムのしあわせを壊す存在にはなりたくなかった。一時は迷ったものの、徒夢を手放すことは耐えられないし、献身的に尽くしてくれる母、未世にも平穏な生活を取り戻すべきだとも思った。

長期駐在を許してくれた局も、西田の口利きで、華子の東京での独立、子会社設立に賛成してくれた。この時期、各テレビ局は深夜を回って朝方まで、番組を放送し続ける仕組みになり、局内ではさばききれず、内部の人間が子会社を創ることを歓迎してくれた。

経営や人事は西田に任せて、局の後押しや、昔の仲間の参加も得て、小規模ながらも、東京に個人の制作会社を設立したのは、華子が三十三歳のときだった。

西田が注ぎ込んだ資金の大半は、ドムから来ていることを、西田は率直に華子に伝えた。予想したことではあったが、華子は胸を衝かれたような感動に、ただ「ありがとう」と言った。掠れた声が湿っていた。狂おしいほどドミニック・ウッダウラが恋しかった。

この会社設立と、華子の日本への帰還で、ドムが辛く長かった「ハンナ待ち」をあきらめたことも西田から知らされた。というより、これははじめから、西田の策略だったに違いないと、その思いを西田にぶつけてみた。

「ご明察にシャッポを脱ぎますよ。ぼくはどうにも居心地が悪かった。性分でね、余計なこととは知りながら、掛け違ったボタンがあれば、掛け直したくなる。もっと込み入った事情があるなら、解きほぐしてあげたくなる。そうでしょう！　ハンナが若い身空で、しあわせにそっぽを向いて、仕事に埋没してる。それはそれでしょーがない。けれどね。そのあおりを食って、若くて、人もうらやむような仕事を成功させている男が、いい男盛りを無聊《ぶりょう》に過ごしているのを見ていられなかった。区切りをつけて、決着させたかった。ま、浅草の貧乏長屋に生まれた男のどーしようもない『お節介』っていうヤツですよ」西田はにんまりと笑った。

「でも、『ハンナ待ち』は西田さんの思い過ごしだと思うわ。彼はわたしの可能性をよく理解してくれていると思うし、わたしがのどかな楽園生活で壊れていくのも理解してくれていたと思う」

「理解と欲望とは、ちがうんですよ。それこそハンナの分からず屋だ」

華子は黙るしかなかった。

ドムが母親のたっての薦めで結婚したのは、三十歳をとうに過ぎていた。相手は島の美しい娘で、二人の女の子を設けたときは、三十代も終わる頃だった。南の島々での結婚は早く、この晩婚の責任を感じつつも、華子は理不尽ながら、こみあげるさびしさに戸惑った。

その母の様子を、徒夢が詰《なじ》る気持ちと、思い遣りを籠めて、じっと見つめていた。

一方、長年異国で娘を支え続けた未世は、築地に帰り、水を得た魚のように生き生きと活動的になり、昔のお弟子さんたちの応援で、あらためて、住まいの一隅に、さやかな茶華道の教室を設けた。

母の明るい変貌ぶりをみて、（長いこと、不自由な思いをさせてきて……ごめんなさい。そして、ありがとう）と華子はこころの中で言い続けた。

その未世のもとを、ある日、思わぬ人が訪ねて来た。西田昇平と別れた聡子だった。華子は、思わず驚きの声を上げた。

「西田聡子さん！」

「いまは、三宅《みやけ》聡子さんになったのよ」と未世が言った。

未世と聡子は、よちよち歩きになった徒夢が、はじめてモーリシャス島へ行ったとき、一緒だったし、その後も、二人がよく会っていたのは知っていた。未世より一回りほど若い聡子だったが、どこかウマが合うらしい。

「主人が本社勤めになって、久し振りに東京へ帰ってきました。やっぱり、私は生まれ育った国がいちばんだわ」

未世は大喜びで聡子を夕飯に誘った。

「家庭料理だけれど、失礼でなかったら、ご主人もお呼びになったら？」

それがきっかけで、聡子は茶華道教室に通い、未世のいい助手になり、相談相手になった。人の縁のおもしろさを、華子は感じずにはいられなかった。

西田と別れた聡子がその後、ほどなく再婚したのは、パリに駐在するビジネスマンで、西田とは正反対のすらりと上背もあり、エレガントな男だったが、西田ほどの才気はなく、一見、平凡な人間だった。その、律義でやさしく、才走らない二度目の夫のもとで聡子は、本来の自分の魅力を少しずつ、取り戻していったに違いない、と華子は思った。

パリの和食店での、あのうわずった嬌態《きょうたい》はなんだったのだろう、と華子はいぶかしんだ。西田の強烈な個性が、ねじ曲げてしまった、あれは聡子の仮の姿だったのだと思った。パリの婦人会の席で華子が感じた、品のいいすがすがしい聡子。あれがこの人の本当の姿なんだ。なにもかもに秀でた西田のすてきは、聡子のすてきを長年にわたる結婚生活で壊してしまったのだ。

西田は離婚後もかわらず、聡子が再婚するまでなにくれとなく心を配った。つまり、西田と聡子には、結婚というかたちが合わなかったんだと、華子は思った。

茶華道教室にも、日本にも平穏な日常が続いていたが、世界には主に中東を中心とした大混乱が始まっていた。

それは、二〇一〇年の暮れ、北アフリカ、チュニジアで権力側の耐えきれない暴力に抗議して、二十六歳の露天商人が焼身自殺を図ったことに始まった。

この情報はSNSという新しい力で国中に広まり、大規模な民衆蜂起が起こった。チュニジアを代表する花であるジャスミンを冠した「ジャスミン革命」は、世にいう「アラブの春」にひき継がれ、アラビア半島から中東の国々にはびこっていた長期独裁政権を次々に倒していった。盤石に思えたシリアにまで飛び火して、傲岸不遜、冷酷無残な二代にわたる独裁王アサドに反旗を翻して、反政府勢力が立ち上がろうとする気配を感じとった華子も、旅支度をして立ち上がった。

「無茶なことはもうやめてちょうだい。そんな危険なところにあなたが行ったって、何の役にも立たないでしょう。無駄死にはばかげているわ。何が悲しくてそんな無茶をしたいの！」

母の末世にいさめられて怯《ひる》みはしたが、分かりにくく混乱し、熾烈を極めているこの争いの状況を伝えることをあきらめるとしたら、愛の手を拒み続けて独り生きてきたわたしの人生は虚しいことになる。

「ママが行くならぼくが付いていく」と言い出した徒夢を連れ、録音技師と、心配した西田が斡旋してくれた、屈強な通訳兼万能助手といわれているイラク人と現地で合流することにして、三人が中東の取材に発ったのは、三月の初めだった。凄まじい戦闘がくり広げられる現地を遠くに見て、華子は徒夢に渡されたカメラをおもむろに担いだ。華子はほっそりとしたシルエットとはうらはらに、芯が丈夫で体力があった。自らカメラを回したのは局に属していた三十歳になったときだった。

「何事も一人で抱え込みたい性分は、一生ついて回るんだろうな」と、かつて西田が、半ば感心、半ばあきれた声を上げたものだった。

「抱え込みたくない。でも、一触即発のとき、感じるものがちがえば被写体への視線も変わるでしょう。贅沢言えば、みんなカメラを回せればいいのよ」

「欲張りだな」と、そのとき西田は笑ったものだった。

（また一つ、欠点がふえたわ。「欲張り」という……）

華子は、心の中で、南の島のドムにささやいたのだった。

それからの十八年にあまる歳月を、みずからカメラを担ぎ世界のレポートを続けてきた。危険を予知する能力にもたけていた。

カメラを担ぐ華子には、蒼ざめた顔に侵しがたい力がみなぎった。

その力が一挙に萎えたのは、三月十一日、日本の東北を襲った震災の一報だった。すぐに帰国を決めた。

そして今、廃墟となった福島の瓦礫の中に立っていた。

＊

時の流れを追いながらの、自分史のレジュメに切りをつけて、華子は東北被災地の瓦礫の上に置いたカメラを拾い上げた。

こころの奥に住み、なおも深く、切なく横たわっているただ一度の愛が、二十三年という歳月にむなしく晒され、その姿がうすれ、輪郭がぼやけていくような寂しさを感じた。あれほど愛した笑顔や、低い静かな声、パリ二十区の屋根裏部屋に籠った、モーリシャス島の紅茶の香りも、月日がかさむにつれ遠のいていってしまうように思えた。それは胸の奥が凍えるような寂しさだった。自分で選んだ「独り生きてゆく」、覚悟ゆえの侘《わ》びしさでもあった。

日々薄れてゆくと感じる、尊いその愛の記憶は、覚悟如何にかかわらず、華子の心の裡《うち》にどっしりとした影を落とした。なにかにつけて、遠い声で話しかけ、昔のままのほっそりとしたシルエットで、数え切れないほどあった人生の酷さに倒れかかる華子を、やさしく抱きとめてくれるのは、彼以外の誰でもなかった。

思いを亘《わた》らせた回想のあとで、手にしたカメラがいつになく重く感じられた。徒夢がすかさずそのカメラを持った。その何気なくやさしい仕草が、二十余年まえのドムの姿と重なった。

市場で買った食料品ではちきれんばかりの大きな買い物袋を黙って持ってくれたドム……。

「明日、送ってくれた支援物資を、出来るだけ多く、散らばっている避難所へ届けたら、今回はここまでにして、東京へ帰りましょう」

頷きながら、徒夢は華子の肩に腕を回して、瓦礫をよけながら、乗り捨てられている二つのバイクに向かって歩いた。

徒夢は、あと二年で、華子がアリアンス・フランセーズの掲示板の前で出会ったドムと同い年になるのだった。ヨーロッパと日本、その上に、インド洋ならではの全く異なる文化をまじえて、豊かな感性と、知性を持つ青年になっていた。

福島南部の被災地の道を、母と子、二つのバイクが、降りだしたこぬか雨のなかを走って行った。雨の向こうの西の空に、なぜか夕焼け色のあかね雲が浮いていた。雨をかいくぐって、滲んだうすい光が、二つのバイクを染めていた。


築地に帰りついた親子を迎えたのは、茶華道教室の賑わいだった。若い人や中年、未世や聡子の年代が一緒になって、太い木ものを混ぜて、盛り花を披露する未世を囲んでいた。未世は七十歳を少し超えて、なお若々しく、徒夢は未世ママと呼んでいた。おばあちゃんと呼ぶにはまことに似つかわしくない生き生きとした身のこなしだったたし、未世の活ける花は大胆であでやかだった。かと思うと、日によっては同じ人が活けたとは思えぬほど、楚々とした、しかも物語性を感じさせる花姿を描いた。

その日の花活けにも、お弟子さんたちが歓声を上げた。

「未世さん、正真古流にしては、ひどくアヴァンギャルドだわね。あたらしく流派を立てたらどうかしら」と聡子がしみじみと言った。その場に現れた徒夢が、即座に言った。

「未世ママ、徒然流がいいよ。ぴったりですよ。吉田兼好も怒らないと思うよ。みなさん、いかがですか?」拍手が起こった。

「つれづれなるままに……か」

と未世が呟いて、さらに明るい声が広がった。

＊

「ドム、こんなふうに我が家は睦《むつ》み合っています。わたしだけが独身を通しちゃったけれど……」華子はいつものようにバスタブに浸かりながら独りごとをはじめた。

「憶えている? クルド人のストにあなたが駆けつけてくれた遠い日のことを。ひどい雨だったわね。びしょ濡れの体を二人で一緒に温めるには、パリの屋根裏部屋のバスタブは小さすぎたわね。いまなら、差し向かいでお喋りしながら温まることが出来るのに……ドム、死ぬほど懐かしいわ……」

《どうして来てくれないの？　ハンナは、あの不思議な光のなかの別れを大事にしたいんだね》

華子の独白は、いつも仮想のダイアローグになっている。しかも、映画の脚本のようにナレーションまでをつけて、バスルームのなかで二人の物語をひとりで語るのだった。

――あのとき、「すぐ戻る」と言って屋根裏部屋を出たドムは、最後の晩餐をどこで過ごすか、真剣に考えながら日暮れてゆく町をさ迷った。彼の心は華子への執着と、家族を救いださなければならない長年の希願との間で、暴風になぎ倒されて難破する船のように喘《あえ》いだ。夢遊病者のようにタクシーに乗り、気が付いたら、空港に着いていた。辛い二者択一をほとんど無意識の裡に選んでいたのだった……。

《ほんとうにすぐ戻るつもりだった。果たさなかった最後の晩餐が、ハンナへの最後通牒になるとは思いもしなかった》

「そうじゃないわ、酷い仕打ちを受けて、パリ十五区で管理人をしているあなたのお母さまや、まだ成長期にあるきょうだいのために、一刻も早くモーリシャス島へ発ちたいあなたの足止めをしてまで、パリの町をさまよったあの時間、それが、仕事一筋に生きるだろうこれからの自分を支えてくれるはずだ、と祈るような気持ちでいたのよ。あなたにはあの時間がむごいことを承知の上で」

《ハンナ、逢いたい。トムにも逢いたい》

「トムはもうじきそちらに行きます。ご家族のお気持ちが心配だけど……」

《みんなトムを愛しているよ。二人の娘はまだ小学生で、トムを慕っている。すばらしい青年に育ててくれたよ》

「パリからいきなり日本に帰って、一年浪人しちゃったから、まだ一年大学が残っているけれど、そちらに行ったら、見よう見まねが嵩《こう》じて、『南の島、パラダイス』というような、ドキュメンタリーを撮りたいんですって。助けてあげてね」

《感無量だな。ハンナは紛争地区のドキュメンタリーばかり作っていて、稀には、いろいろな国の文化や、人たちの暮らしみたいなものを撮ってほしかった。トムがそのほうの才能に恵まれているとしたら、大歓迎だよ》

「その処女作を撮り終えたら、あなたのように、そこからパリへ飛んで、ソルボンヌで社会心理学を専攻したりするかもしれない……」

《トムを君から取りあげるようなことはしないよ》

「でもね、もう少しで、わたしたちが出会った時のあなたと同じ年になるのよ。母親より、父親が必要な時かもしれない」

《で、ぼくたちはどうなの？　もう逢えないの？》

「そうよ、もう逢うことはないのよ。別れは一度だけがいいわ。二度目のチャオは、わたしを完全に壊してしまうと思うし……あなたも壊れるわ。あの素晴らしかった日々を壊してはいけないのよ。あなたは南の島で、わたしは極東の日本という島で、トムのこれからを見守ってゆきましょう。これがわたしたちの運命なのよ」
《それはさびしすぎるよ。物語にはいい終わりがなければ、その存在が虚しくなるよ》
「そうね。……もっと、年をとって、仕事もしなくなって、二人とも白髪の年寄りになってからなら、逢えるかもしれないわね……」

バスタブでの、独りっきりの対話は、こんなふうにいつまでも続いていった。

＊

その日。

徒夢が、モーリシャス島へ発つ日、空には黒雲が幾重にも湧き、さながら二十数年まえのパリの光景を描き出していた。

「飛行機、大丈夫かしら、凄い荒れ模様……」華子の言葉に、寄りそっていた未世が驚いて眼を瞠《みは》った。

「どうしたの、きれいな青空で飛行日和じゃないの」

「えっ……」華子はひどい眩暈にふらりと体が揺れた。

その華子を両腕でしっかりと抱きとめながら、ドムに似た低い静かな声で徒夢が言った。

「ママ、ここまででいいよ。空港のイミグレーションまでは、未世ママに送ってもらう。ママには淋しい顔が似合わないから。ママが吃驚するほどのすばらしい、モーリシャス島のドキュメンタリーを撮ってくるよ。楽しみに待っていてね。新学期にはちょっと遅れるかもしれないけれど」

長いまつげに囲まれた瞳に、淡いブルーグリーンの色合いが動いたように華子は思った。

タクシーを降りた空港まえの、燦々と太陽を浴びた歩道に立ちつくして、華子はほほ笑んだ。その華子を、未世が静かに見つめていた。

「あなたの言うとおりにするわ。わたしはここまでにする。元気で……いい旅をしてきてね」

後ろを振り向き振り向き歩く未世をかばうように肩を抱いて、徒夢は去って行く。手をおおきく振って空港の中に消えてゆくトムの背中に、あの日と同じ、雲間を縫って降りかかる、光の縞がゆれた。

「チャオ、わたしの徒夢。セ・ル・デパール・ド・タ・ヴィィ（あなたの人生の門出よ）」

幻想の中の黒雲から洩れる光をあびて、華子の頬が濡れていた。

見わたす限り、雲ひとつない、きれいに晴れわたった春の日の昼下がりだった。

装丁
大久保明子

カバー写真
"You breathe from a garden in your neck"

http://judithjockel.com

初出誌
「愛のかたち」　オール讀物　二〇一七年八月号
二〇一七年九月号
「南の島から来た男」　小説幻冬　二〇一六年十一月号
二〇一七年一月号

岸 惠子　*Keiko Kishi*

女優・作家。横浜市出身。『君の名は』『雪国』『細雪』などの名作に出演。40年あまりのパリ暮らしを経て、現在は日本に居を移しフランスと日本を往復する。作家、ジャーナリストとしても活躍。『ベラルーシの林檎』(日本エッセイスト・クラブ賞受賞)、『風が見ていた』『私のパリ 私のフランス』『わりなき恋』など著書多数。2011年、フランス共和国政府より芸術文化勲章コマンドールを受勲。

愛《あい》のかたち

2017年9月30日　第1刷発行

著　者　岸《きし》 惠子《けいこ》

発行者　大川繁樹

発行所　株式会社　文藝春秋
〒102-8008 東京都千代田区紀尾井町3-23
電話 03-3265-1211

印刷所　凸版印刷

製本所　大口製本

組　版　言語社

ISBN978-4-16-390731-4